귀향

귀향

D. H. 로렌스의 자전적 에세이

오영진 옮겨엮음

열화당

책을 펴내며

이 책은 데이비드 허버트 로렌스David Herbert Lawrence(1885-1930)가 만년에 쓴 자전적인 수필들과『채털리 부인의 연인』에 대한 변론을 함께 엮은 것이다. 문학적 기교나 표현에 얽매이지 않고 자신의 생각과 믿음을 진솔하게 밝히고 있는 로렌스의 수필은 소설, 시, 평론, 희곡 등 여러 장르에 걸친 그의 작품을 이해하는 데 중요한 실마리가 된다. 특히 국내 최초로 한 권의 책으로 엮은 자전적 수필들은 그의 삶과 문학, 인생관의 일목요연한 스케치이기에 일반 독자와 로렌스 연구자들에게 좋은 참고자료가 되리라 기대한다.

사실『아들과 연인』을 비롯한 로렌스의 장·단편 소설은 그 어느 작가의 경우보다 자전적인 요소가 강하다. 그러나 픽션의 특성상 상상과 사실의 경계가 자유로이 열려 있기에 어느 대목이 꼭 작가의 삶에 관한 것이라 판별하기란 쉽지 않다. 하지만 여기 수록된 수필들에서 로렌스는 성장과정과 교육환경, 작가의 길로 들어서게 된 계기와 창작활동, 그가 머물렀던 곳, 인생관 등 삶의 중요한 면면을 압축해서 전하고 있다. 예술과 삶의 관계에 대한 생각은 시류에 따라 변하기도 하지만, 로렌스의 전기傳記를 바탕으로 그의 문학을 연구해 온 나에게는 그의 인생과 문학이 뗄 수 없을 정도로 밀접히 상호작용해 온 것으로 보인다. 그의 삶을 알면 알수록 그의 작품에 대한 우리의 이해의 폭과 깊이는 더해 간다.

여기 실린 수필들은 중견 작가로서의 체면이나 자부심 같은 것은 내려놓고, 테이블 위에 놓인 종이 몇 장을 앞에 두고 지난 날들을 돌아보며 그 자리에 오기까지 겪어온 바 중에서 가슴에 남아있는 일들과, 문학을 통해 전하려 했던 믿음을 기록한 것이라 할 수 있다. 솔직하고 직설적인 글과 삶의 태도로 해서 그는 오해도 많이 샀고 다툼도 많았지만, 그것은 그의 사랑과 열정을 아주 많이, 그리고 강렬하게 나누려고 했기 때문이기도 하다.

가난한 광부 집안의 생활 모습, 역경을 딛고 작가가 되었지만 지배체제에 잘 적응하지 못한 것, 성공의 의미를 사람들과의 깊고 진심 어린 공감에서 찾으려 한 점, 산업자본주의와 위계적 문명의 질서에 대한 통절한 분노, 몸과 마음을 아우르는 사랑에 대한 신념… 이러한 이야기를 접하면서, 우리가 삶에서 기대하고 이루려고 하는 것들도 그의 그것과 닿아 있음을 본다.

2014년 5월
오영진吳榮鎭

차례

일러두기

· 이 책은 D. H. 로렌스가 남긴 수많은 에세이 중에서 자전적인 글과
  그의 가치관, 문학관이 잘 드러나 있는 글 일곱 편을 선별하여
  옮겨엮은 것이다.
· 각 글이 처음 집필된 연도나 발표된 지면, 재수록된 경위,
  그리고 번역 대본 등에 관해서는 책 말미의 '수록문 출처'에 밝혀 두었다.
· 책 머리에 로렌스의 생애를 살펴볼 수 있도록 사진과 함께
  편집한 연보를 실었고, 말미에 이 책에 관한 옮긴이의 해설을 수록했다.
· 로렌스의 단편, 중편, 장편 등이 한 편의 작품으로 언급되는 경우에는
  「 」로, 출판된 상태로 언급되는 경우에는 『 』으로 구분하여 표기했다.

성性과 생生의 공존을 꿈꾸다

연보—사진과 함께 보는 D. H. 로렌스의 삶

광부의 아들로 태어나다

1885년 9월 11일 잉글랜드 중부지방 노팅엄셔의 탄광촌 이스트우드에서 탄광부 아서 존 로렌스Arthur John Lawrence와 퇴직한 엔진 설비공의 딸이자 전직 교사인 리디아 비어졸Lydia Beardsall 사이에서 다섯 남매 중 넷째로 태어났다.

1891년 1898년까지 보베일 공립초등학교에 다녔다.

1898년 이스트우드 최초로 노팅엄 군郡에서 주는 장학금을 받고 1901년까지 노팅엄 고등학교에 다녔다.

1899년 훗날 부인이 될 독일 귀족 가문의 여성 프리다 폰 리히트호펜 Frieda von Richthofen(1879-1956)이 영국 노팅엄 대학 언어학 교수인 어니스트 위클리Ernest Weekley(1865-1959)와 결혼해 영국에 정착했다.

1901년 노팅엄 시내의 외과용 의료기 제조 회사에서 삼 개월간 근무

1. 로렌스의 고향 노팅엄셔의 탄광촌 이스트우드. 1900년경.

2. 로렌스가 태어난 집. 노팅엄셔 이스트우드 빅토리아가 8a번지.
지금은 로렌스 생가 박물관D. H. Lawrence Birthplace Museum이다.(아래 오른쪽)

3. 로렌스 가족이 한때 살던 브리치의 집(57, The Breach, Eastwood, Nottinghamshire).(아래 왼쪽)

4. 로렌스가 열다섯 살이던 무렵의 어머니 리디아 비어졸 로렌스Lydia Beardsall Lawrence.
어머니의 엄격한 청교도 정신에 대한 로렌스의 반감은 갈수록 더해 갔다. 1900년경.(p.11 왼쪽 위)

5. 한 살 때의 로렌스. 1886.(왼쪽 가운데)

6. 결혼 무렵의 아버지 아서 로렌스Arthur Lawrence.
그는 일곱 살부터 평생 광부로 살았다. 어머니 사후 세월이 갈수록
로렌스는 아버지의 세계를 이해하고 동경하게 되었다.
1875년경.(위 오른쪽)

7. 보베일 공립초등학교에 다닐 때의 학급 사진.
뒤에서 세번째 줄 왼쪽에서 두번째가 로렌스. 1894.(아래)

했으나 심한 폐렴에 걸려 사직했다. 이해 말부터 1902년 초까지 폐렴으로 죽을 고비를 넘겼다.

1902년 고향 근처에 사는 체임버스Chambers 가족의 농장에 드나들며, 그 집안의 딸 제시 체임버스Jessie Chambers(1886-1944)와 친구로 사귀기 시작했다. 그녀와 수많은 문학작품을 함께 읽으며 토론한 것이 장차 문필가의 길로 들어서는 데 주요한 계기가 되었다.

1902년 1905년까지 이스트우드의 초등학교에서 교생 생활을 했다.

1905년 같은 학교에서 1906년까지 비정규 교사로 있었다.

1906년 시와 첫 소설 「라에티셔Laetitia」(나중의 「흰 공작」)를 쓰기 시작했다. 노팅엄 대학에서 교원 자격증 과정을 시작했으며, 1908년 7월에 자격증을 취득했다. 한편 프리다 위클리는 독일 뮌헨을 방문하여 프로이트의 제자였던 심리학자 오토 그로스Otto Gross와 관계를 맺기 시작했고, 뮌헨 보헤미안 지구 슈바빙에서 많은 작가, 예술가, 사상가 들의 문화를 접했으며, 특히 그로스의 성 해방 사상과 심리 이론에 큰 영향을 받았다.

1907년 『노팅엄셔 가디언』지誌의 크리스마스 단편 현상 공모에 제시 체임버스의 이름으로 응모한 「서곡A Prelude」이 당선되었다.

런던에서 문학을 꿈꾸다

1908년 1911년까지 런던 근교 크로이든의 초등학교에서 교사 생활을 했다. 이 시기 동안 처음으로 런던의 문인들과 접촉했으며 독일 철학자 니체의 글을 읽고 큰 영향을 받았다.

8. 열두 살 때 찍은 가족사진. 앞줄 왼쪽부터 로렌스의 여동생 에이더,
어머니 리디아, 로렌스, 아버지 아서 로렌스. 뒷줄 왼쪽부터 누나 에밀리,
큰형 조지, 작은형 어니스트. 1897.

9. 작은형 어니스트. 집안의 희망이었던 그가 일하던 런던에서 갑자기 병사한 해의 사진으로, 형이 죽은 직후 로렌스도 폐렴으로 죽을 고비를 넘긴다. 1901.(왼쪽)

10. 누나 에밀리. 1905년경.(오른쪽 위)

11. 여동생 에이더. 1907년경.(오른쪽 아래)

12. 이스트우드에서 초등학교
비정규 교사 생활을 하던 무렵의
로렌스. 1906. 9. (위 왼쪽)

13. 노팅엄 대학 과정을 마치고
런던 교외 크로이든에서 교사 생활을
시작하기 직전의 로렌스.
1908년 여름. (위 오른쪽)

14. 로렌스의 고향 마을 친구이자
첫사랑이었던 제시 체임버스Jessie
Chambers. 제시가 노팅엄 지역
신문사에 투고한 로렌스의
단편소설이 당선되고, 또 런던의
문학지 『디 잉글리시 리뷰』에
보낸 시가 편집자 포드 머독스 포드의
눈에 들게 됨으로써 로렌스는
작가의 길로 들어서게 되었다.
1908년경. (아래)

15. 로렌스를 처음 만난 무렵의
프리다 폰 리히트호펜
위클리Frieda von Richthofen Weekley.
1912년경.(왼쪽)

16. 1912년 프리다와 유럽으로 건너갔다가
잠시 귀국하여 『아들과 연인』을
출간하고 나서의 로렌스.
1913. 6. 26.(오른쪽)

1909년　런던의 영향력 있는 문인 포드 머독스 휴퍼Ford Madox Hueffer(나중에 포드 머독스 포드Ford Madox Ford로 개명)를 만났다. 그는 로렌스의 시와 단편들을 자기가 편집하는 잡지 『디 잉글리시 리뷰*The English Review*』에 싣기 시작했다. 희곡 「광부의 금요일 밤A Collier's Friday Night」(1934)을 쓰고 단편 「국화 향기Odour of Chrysanthemums」(1911)의 첫 판을 썼다.

1910년　제시 체임버스와 연인 관계가 시작되었으나, 곧 종결되었다. 그러나 우정은 지속되었다. 소설 「폴 모렐Paul Morel」(나중의 「아들과 연인」)을 쓰기 시작했다. 12월, 어머니의 죽음으로 큰 충격을 받고 방황했다. 오랜 고향 친구 루이 버로스Louie Burrows와 약혼했다.

1911년　런던의 교사 헬렌 코크Helen Corke에게 강하게 끌렸다. 고향 이스트우드의 약사 부인 앨리스 닥스Alice Dax와의 관계가 시작되었다. 조지프 콘래드를 발굴한 작가이자 출판 편집인 에드워드 가넷Edward Garnett을 만났다. 그가 글쓰기와 책 출판에 관해 로렌스에게 조언을 해주었다. 11월, 폐렴으로 심하게 앓아누워 학교 교사 생활을 그만두었다. 첫 소설 『흰 공작*The White Peacock*』을 출판했다.

프리다와의 만남, 그리고 전쟁의 고난

1912년　남부 해변 휴양지인 본머스Bournemouth에서 건강을 회복했다. 루이 버로스와 파혼했다. 이스트우드로 귀향했다. 「폴 모렐」을 작업했다. 3월, 노팅엄 대학 교수인 어니스트 위클리의 부인 프리다 위클리를 만났다. 그녀와 함께 5월 3일 독일로 건너가서 프리다의 언니 엘제 야페 Else Jaffe의 연인이었던 경제학자 알프레트 베버Alfred Weber(사회학자 막스 베버의 동생)가 제공한 뮌헨 교외의 집에서 두어 달 동안 기거하며 첫 동거를 시작했다.(6월 1일-8월 5일경) 이후 천신만고 끝에 프리다는 남편 위클리와 세 아이를 포기하고 로렌스를 택하게 된다. 이 이야기 중 일부가 시집 『보라! 우리는 해냈다!*Look! We Have Come Through!*』에 기록되어 있다. 8월, 두 사람은 알프스를 넘어 이탈리아로 여행해서 9월에 가르냐노Gargnano 호반에 정착했다. 거기서 프리다와 토의하면서 소설 「아들과 연인」 최종판을 썼다. 소설 『침입자*The Trespasser*』를 출판했다.

1913년 시집 『사랑의 시편*Love Poems and Others*』을 출판했다. 로렌스와 프리다는 엘제의 남편 에드가 야페Edgar Jaffe가 제공한 독일 뮌헨 근교의 별장에서 두어 달 머물렀다. 5월, 『아들과 연인*Sons and Lovers*』을 출판했다. 6월, 프리다와 영국으로 가서, 평론가 존 미들턴 머리John Middleton Murry와 훗날 그의 배우자가 될 소설가 캐서린 맨스필드Katherine Mansfield를 만났다. 9월, 이탈리아로 돌아갔다.

1914년 6월, 프리다와 영국으로 돌아가 7월 13일에 결혼했다. 작가 캐서린 카스웰Catherine Carswell, 그리고 평생의 친구가 될 러시아인 코텔리안스키S. S. Koteliansky를 만났다. 단편집 『프러시아 장교와 그 밖의 이야기들*The Prussian Officer and Other Stories*』, 희곡 『과부가 된 홀로이드 부인*The Widowing of Mrs Holroyd*』을 출판했다. 일차세계대전 발발로 이탈리아로 돌아가지 못하고, 1919년까지 프리다와 함께 영국에 묶여 있었다. 부유하고 영향력있는 귀족이나 상류 계급인 레이디 오톨라인 모렐Lady Ottoline Morrell, 레이디 신시아 아스퀴스Lady Cynthia Asquith, 그리고 철학자이자 수학자인 버트런드 러셀Bertrand Russell, 소설가 포스터E. M. Foster 등 블룸즈버리 그룹Bloomsbury Group과의 교제를 시작했다. 일차대전 기간 동안 전쟁에 대해 점점 더 절망하고 염세적이 되었으며, 전쟁의 야만성의 원인을 고찰하면서 고대 그리스 문화와 유대-기독교에 기반한 유럽 문화 전통에 대한 근본적 회의에 이르렀다.

1915년 6월, 버트런드 러셀과 공동 강연을 계획하던 중 다툰 일로 그와 결별했다. 8월, 프리다와 런던 햄스테드로 이주했다. 존 미들턴

17. 로렌스와 프리다가 런던의 한 등기소에서 혼인신고를 하던 무렵.
왼쪽부터 로렌스, 소설가 캐서린 맨스필드, 프리다,
그리고 평론가 존 미들턴 머리. 1912년 유럽으로 사랑의 도피를 한
로렌스와 프리다는, 1914년 영국으로 귀국해서 그녀의 이혼이
확정된 지 몇 개월 후 마침내 결혼한다. 그러나 다음 달 일차세계대전이
발발하고, 두 사람은 종전될 때까지 영국에 발이 묶이면서
고난의 삶이 시작된다. 1914. 7. 13.

머리와 잡지 『시그너처*The Signature*』를 발간했다.(이후 3호로 그침) 9월, 소설 『무지개*The Rainbow*』가 출판되었으나 10월 말에 발매 금지당하고, 11월에 공식 기소되어 발매 금지 처분을 받았다. 화가 도러시 브렛Dorothy Brett과 마크 거틀러Mark Gertler를 만났다. 프리다와 웨일스의 오지奧地 콘월Cornwall로 이주했다. 이후 영국 문화의 중심부에서 스스로 벗어나 외진 시골을 전전하며 독서와 사색, 집필에 몰두했다.

1916년 여행 수필집 『이탈리아의 황혼*Twilight in Italy*』과 시집 『아모레스*Amores*』를 출판했다.

1917년 「사랑하는 여인들」이 출판사들로부터 거절당했지만 수정 작업을 계속했다. 미국으로 가려는 시도는 좌절되었다. 시집 『보라! 우리는 해냈다!』를 출판했다. 10월, 프리다와 함께 사실무근의 독일 스파이 혐의로 콘월에서 추방당했다.

1918년 프리다와 런던 근처 외진 곳을 전전했다. 시집 『새로운 시*New Poems*』를 출판했다. 생계를 위해 『유럽사*Movements in European History*』를 쓰기 시작했다. 일차세계대전이 종결됐다.

영국을 떠나 유럽 대륙으로, 다시 원시의 아메리카로

1919년 독감을 심하게 앓았다. 가을에 프리다가 먼저 독일로 가고, 나중에 이탈리아 피렌체에서 만나, 이후 카프리 섬에 정착했다.

1920년 장편 수필 「정신분석과 무의식*Psychoanalysis and the Unconscious*」을 집필했다. 프리다와 시칠리아 섬의 타오르미나로 건너갔다. 소설 『잃어버린 소녀*The Lost Girl*』를 출판했다. 소설 「미스터 눈*Mr Noon*」(1984)을 집필했다. 여름에 피렌체에 갔다가 기혼녀 로절린드 베인스

18. 일차세계대전 중인 영국에서.
로렌스가 턱수염을 기르기 시작한 것은 1914년 전쟁이 일어나던 해
가을 무렵이었다. 깨끗이 면도하고 군에 입대하는 남자들의 모습과
대조를 이루어, 전쟁과 당시 상황에 대한 로렌스의 태도를
엿볼 수 있다. 1915년경.

19. 종전 후 영국을 떠나기 몇 달 전 잠깐 머물던
버크셔 주 뉴베리의 그림스베리 농장에서의 로렌스와 프리다.
전쟁 기간 동안 작품 발매 금지와 가난, 건강 악화 등으로 고생하면서
생활비가 싼 지방을 전전하던 시절이다. 1919년 9월경.

20. 일차세계대전이 종결되던 해, 고향 근처 더비셔의
산장 오두막에 머물던 무렵. 1918.(위)

21. 아메리카에 머물던 시절. 1922-1925.(아래)

Rosalind Baynes와 관계를 맺었다. 소설 『사랑하는 여인들Women in Love』이 미국에서 출판되었다.

1921년 프리다와 사르디니아 섬을 방문했다. 여름에 소설 「아론의 지팡이Aaron's Rod」를 완성했다. 장편 수필 『정신분석과 무의식』, 시집 『거북이Tortoises』, 여행 수필집 『바다와 사르디니아Sea and Sardinia』, 역사서 『유럽사』를 출판했다.

1922년 프리다와 실론으로 가서 잠시 머무르다 오스트레일리아로 향했다. 시드니 근처 티롤에서 소설 「캥거루」를 육 주 만에 완성했다. 문인과 예술가의 후원인이었던 부유한 미국 여성 메이블 도지Mabel Dodge의 초청으로, 8월과 9월 사이에 프리다와 남태평양 섬과 미국 캘리포니아를 거쳐 뉴멕시코 주의 타오스에 정착했다. 12월, 타오스 근처 고지에 있는 델 몬테 목장으로 옮겼다. 소설 『아론의 지팡이』와 장편 수필 『무의식의 환상Fantasia of the Unconscious』, 단편집 『잉글랜드, 나의 잉글랜드England, My England』를 출판했다.

1923년 프리다와 멕시코의 차팔라에서 여름을 났다. 그곳에서 『날개 돋친 뱀』의 초판인 「케찰코아틀Quetzalcoatl」을 집필했다. 8월, 로렌스와의 심한 다툼 끝에 프리다 혼자 유럽으로 돌아왔다. 로렌스는 혼자 미국과 멕시코를 여행하고 12월에 영국으로 돌아왔다. 중편집 『무당벌레The Ladybird』와 평론 수필집 『미국 고전문학 연구Studies in Classic American Literature』, 소설 『캥거루Kangaroo』, 시집 『새, 짐승 그리고 꽃Birds, Beasts and Flowers』을 출판했다.

1924년 런던에 들러 친구들을 뉴멕시코로 초대했다. 도러시 브렛이 수락해 3월 프리다와 함께 뉴멕시코로 동행했다. 메이블 루한이 로보 목장Lobo Ranch(나중에 카이오와 목장Kiowa Ranch으로 개칭)을 프리다에게 선사했고, 로렌스는 답례로 「아들과 연인」의 원고를 줬다. 여름

22. 멕시코 차팔라의 집 창가에 선
로렌스 부부. 두 사람은 1923년 5월에서
7월까지 약 두 달 동안 이 집을 임대해
살았다. 여기서 그는 소설
『날개 돋친 뱀』(1926)의 초판인
「케찰코아틀Quetzalcoatl」을 집필했다.
1923. 5-7. (위 왼쪽)

23. 미국 뉴멕시코 주 샌타페이에서.
1923년 3월경. (위 오른쪽)

24. 멕시코 차팔라 호수 위 보트에서.
1923년 7월경. (아래)

25. 로렌스 부부가 1924년 5월에서 1925년 9월까지 살았던 미국 뉴멕시코 주 로키 산맥 자락의 통나무집 '카이오와 목장'. 미국으로 로렌스를 초청했던 메이블 루한(메이블 도지로, 아메리칸 인디언과 결혼하여 '루한'이라는 성을 갖게 됨)이 1924년 4월 프리다에게 선사한 목장(원래 이름은 로보 목장)으로, 로렌스는 답례로 「아들과 연인」의 원고를 메이블 루한에게 주었다.(위)

26. 멕시코 남부 오악사카에서 찍은 걸로 추정되는 사진. 1924년 말-1925년 초.(아래 왼쪽)

27. 멕시코 남부 오악사카에서의 로렌스 부부. 오른쪽에 서 있는
남자는 집주인이다. 1924년 말–1925년 초.(p.26 아래 오른쪽)

28. 멕시코시티에서 열린 국제 펜클럽 만찬에 참석한 로렌스와
작가들. 오른쪽 줄 가운데가 로렌스. 1924. 10. 31.(위)

29. 1922년부터 삼 년간의 아메리카 생활을 접고
뉴욕에서 영국행 여객선에 오르는 로렌스 부부. 1925. 9.(아래)

동안 로보 목장에서 중편 소설 「세인트 마우어St Mawr」와 중단편 「말을 타고 떠난 여인」, 중편 「프린세스」를 집필했다. 8월, 최초의 기관지 출혈이 있었다. 9월, 아버지가 별세했다. 10월, 프리다와 브렛과 함께 멕시코의 오악사카로 이주했다. 그곳에서 소설 「날개 돋친 뱀」 집필에 착수했다. 수필집 『멕시코의 아침Mornings in Mexico』(1927) 대부분을 완성했다. 몰리 스키너M. L. Skinner와 공저로 『덤불 속의 소년The Boy in the Bush』을 출판했다.

마지막 귀향, 그리고 『채털리 부인의 연인』의 출판

1925년 「날개 돋친 뱀」을 완성했다. 2월, 장티푸스와 폐렴으로부터 기사회생했다. 3월, 폐결핵 진단을 받았으나 뉴멕시코의 카이오와 목장에서 회복했다. 9월, 프리다와 유럽으로 돌아왔다. 영국에서 한 달간 머물렀다가 이탈리아의 스포토르노로 옮겨 가 정착했다. 프리다가 안젤로 라발리Angelo Ravagli(로렌스 사후 그녀의 세번째 남편이 됨)를 만났다. 중편 소설 『세인트 마우어』를 『프린세스The Princess』와 함께 출판했다. 수필집 『호저豪豬의 죽음에 관한 명상Reflections on the Death of a Porcupine』과 중단편 「말을 타고 떠난 여인The Woman Who Rode Away」을 출판했다.

1926년 중편 「처녀와 집시」를 집필했다. 로렌스의 여동생 에이더를 방문하고 돌아오다 프리다와 심하게 다퉜다. 도러시 브렛과 정사를 가졌다. 5월, 프리다와 함께 피렌체 근처로 이주했다. 7-9월, 마지막으로 영국을 방문했다. 10월, 이탈리아로 돌아와 「채털리 부인의 연인」 첫 판(1944년 공식 출판)을 집필했다. 11월, 「채털리 부인의 연인」의 두번째 판본(1972년 출판)을 다시 쓰기 시작했다. 작가 올더스 헉슬리Aldous Huxley와 마리아 헉슬리Maria Huxley 부부와 교유하기 시작했다. 그림을 그리기 시작했다. 소설 『날개 돋친 뱀The Plumed Serpent』과

30. 이탈리아 피렌체 근처의 거처 빌라 미렌다에서 작가 올더스 헉슬리(왼쪽)와 함께.
1925년 유럽으로 돌아와 주로 이탈리아에 머물던 로렌스가 『채털리 부인의 연인』의
초판(1944년 출간)을 쓸 무렵이다. 1926. 10. 28.(위)

31. 영국을 마지막으로 방문했을 때 고향 이스트우드에서 멀지 않은
해안 휴양지 메이블소프에서 여동생 에이더와 함께. 1926. 8.(아래 왼쪽)

32. 스위스의 그슈타이그 베이 그슈타트Gsteig bei Gstaad 소재
산간 오두막에서의 로렌스 부부. 폐결핵을 앓던 로렌스는 무척 수척한 모습이다.
1928년 8-9월경.(아래 오른쪽)

희곡『데이비드_David_』, 단편「태양Sun」을 출판했다.

1927년 「채털리 부인의 연인」 두번째 판본을 완성했다. 미국 화가이 자 동양 사상에 심취한 친구인 얼 브루스터Earl Brewster와 함께 이탈리 아 중서부의 고대국가 에트루리아 유적을 방문했다. 기행 수필집『에 트루리아 유적 스케치』와 중편「달아난 수탉The Escaped Cock」을 집필했 다.「채털리 부인의 연인」 마지막 판(1928) 집필을 시작했다. 여행 수 필집『멕시코의 아침』을 출판했다.

1928년 세번째이자 마지막 본인「채털리 부인의 연인」을 마무리하 여 피렌체에서 출판하고, 영국과 미국의 구독자에게 배포하기 위해 애썼다. 6월,「달아난 수탉」의 후반부를 집필했다. 프리다와 함께 스 위스를 여행했다. 남프랑스 방돌Bandol에 정착했다. 시집『팬지_Pansies_』 (1929)에 실릴 시를 많이 썼다.『채털리 부인의 연인』의 해적판이 유 럽과 미국에 등장했다. 단편집『말을 타고 떠난 여인 그리고 그 밖의 이야기들_The Woman Who Rode Away and Other Stories_』과『D. H. 로렌스 시전집 _The Collected Poems of D. H. Lawrence_』, 그리고 무삭제판 단편「태양Sun」을 출 판했다.

1929년 『채털리 부인의 연인』의 해적판 범람을 막고자 염가판 (1929)을 출판하기 위해 파리를 방문했다. 무삭제판 시집『팬지』의 타이프 원고가 경찰에 압수됐다. 런던에서 열린 로렌스의 그림 전시 회를 경찰이 급습해, 열석 점의 그림을 압수했다. 프리다와 마요르카, 프랑스, 독일 바바리아 등지를 방문하고, 겨울을 나기 위해 방돌로 돌 아왔다. 시집『쐐기풀_Nettles_』과『마지막 시편_Last Poems_』에 수록될 시들, 그리고 장편 수필『묵시록』을 집필했다. 브루스터 부부와 헉슬리 부 부를 자주 만났다. 로렌스의 서문이 실린『D. H. 로렌스의 화집_The Paintings of D. H. Lawrence_』과 시집『팬지』, 중편 소설『달아난 수탉』을 출 판했다.

33. 건강이 악화되어 유럽의 요양지를 전전하던 무렵. 1929.(위 왼쪽)

34. 로렌스의 유골이 모셔져 있는 카이오와 목장 언덕의 묘소.
그 바깥 입구에 프리다의 무덤이 지키고 있다.(위 오른쪽)

35. 로렌스 사후 뉴멕시코 타오스에 살았던 세 여인.
왼쪽부터 로렌스를 아메리카로 초청했으며 아메리카 인디언과 결혼한 미국 여성
메이블 루한, 부인 프리다, 그리고 로렌스를 흠모한 영국 귀족 출신의 화가
도러시 브렛. 그와 염문을 뿌렸던 이 세 여인은 로렌스가 죽은 후에도 그가
묻혀 있는 이 타오스 산자락에 모여 살다 이곳에 뼈를 묻었다. 1930년대.(아래)

1930년 2월 초에 프랑스 방스의 요양원에 들어갔다. 3월 1일 퇴원하여 3월 2일 방스에서 사망했다. 3월 4일 현지에 묻혔다. 시집 『쐐기풀』과 수필 「『채털리 부인의 연인』에 관하여A Propos of *Lady Chatterley's Lover*」, 중편 소설 『처녀와 집시*The Virgin and the Gypsy*』, 단편 선집 『건초더미 속에서의 사랑*Love among the Haystacks*』이 출판됐다.

로렌스 이후의 로렌스

1931년 장편 수필 『묵시록*Apocalypse*』이 출판됐다.

1932년 수필집 『에트루리아 유적 스케치*Sketches of Etruscan Places*』와 시집 『마지막 시편』이 출판됐다.

1933년 『희곡집*The Plays*』이 출판됐다.

1934년 희곡 『광부의 금요일 밤』과 단편집 『현대의 연인*A Modern Lover*』이 출판됐다.

1935년 프리다는 카이오와 목장에서 동거하고 있던 안젤로 라발리(두 사람은 1950년에 결혼한다)를 방스로 보내 로렌스 무덤을 파낸 후 화장해서 그 유골을 카이오와 목장으로 가져오게 했다.(라발리가 로렌스 유골을 오는 길에 버렸다는 설도 있음) 산문 선집 『땅의 혼*The Spirit of Place*』이 출판됐다.

1936년 수필을 포함한 잡문집 『피닉스*Phoenix*』가 출판됐다.

1944년 『채털리 부인 첫 판*The First Lady Chatterley*』이 출판됐다.

1956년   프리다가 사망하여 카이오와 목장 로렌스 곁에 묻혔다.

1962년   『서간집 *The Collected Letters*』이 출판됐다.

1964년   『시 전집 *The Complete Poems*』이 출판됐다.

1965년   『희곡 전집 *The Complete Plays*』이 출판됐다.

1968년   수필을 포함한 잡문집 『피닉스 II *Phoenix II*』가 출판됐다.

1984년   소설 『미스터 눈 *Mr Noon*』이 출판됐다.

D. H. 로렌스의 자전적 에세이

나는 어느 계급에 속하는가

데이비드 허버트 로렌스. 1885년 9월 11일 영국 중부지방 미들랜즈의 노팅엄에 있는 작은 탄광촌 이스트우드 출생. 아버지는 쓰지도 읽지도 잘 못 하는 탄광부. 어머니는 부르주아 계급 출신이자 집안의 문화적 인자因子.(『아들과 연인Sons and Lovers』을 읽어 보기 바란다. 첫 부분은 모두 자서전이다) 다섯 자녀 중 넷째. 위로 두 형과 누이, 그리고 로렌스, 그 다음엔 여동생이 하나.

늘 허약한 체질이었지만 튼튼한 골격. 여느 광부의 아이들처럼 초등학교에 다니다가, 열두 살 때 장학금을 받고 잉글랜드에서 제일 좋은 통학제 학교[1]라는 노팅엄 고등학교에 입학. 순전히 부르주아 학교. 꽤나 즐거운 곳이었지만 거기 장학생들은 전혀 다른 세계의 녀석들이었다. 로렌스는 부르주아 친구를 두엇 사귀었지만 별종들이었다. 그는 본능적으로 통상적인 부르주아 계급으로부터 움츠러들었다.

열여섯에 학교를 졸업한 후 심한 병을 앓았고, 농장에 사는 사람들로 그에게 진정으로 비판적이고 창조적인 의식을 불러일깨워 준 미리엄[2]과 그녀의 가족을 알게 되었다.(『아들과 연인』을 보라) 초등학교에서 거칠고 사나운 광부의 아이들을 가르쳤다. 봉급은 첫해엔 오 파운드, 둘째 해엔 십 파운드, 셋째 해엔 십오 파운드(열일곱에서 스물한 살까지). 다음 두 해는 노팅엄 대학을 다녔다. 처음에는 꽤 즐거웠지만 나중엔 엄청 지겨웠다. 또다시 중산계급에 대한 지겨움, 그리고 그들을 향해 나아가 출세하는 대신 그들로부터 몸을 움츠렸다. 학사 과정을 수강하다가 그만두었다.[3]

강의 시간에 약간의 시와 「흰 공작The White Peacock」[4]을 조금씩 쓰곤 했는데, 그는 이 글들을 저 농장의 소녀이자 나중에 학교 선생이 된 미리엄을 위해 썼다. 그녀는 이 모두를 대단하다고 생각해 주었다. 그렇지 않았다면 그런 글들은 쓰지도 않았을 것이다. 순전히 '자연적인' 로렌스의 가족은 정작 그런 재주를 괜히 '젠체'하는 걸로 여겼다. 그래서 집에서는 몰래 글을 썼다. 어머니는 「흰 공작」의 한 장章을 보고서 처음엔 미심쩍어 했지만, 책을 다 읽고 나서는 마음에 들어 하셨다.

"하지만 애야, 그것이 이랬던 줄 네가 어떻게 알지? 넌 모르지 않니."

어머니는 사람은 배워야 한다고 생각했고, '똑똑한' 당신의 아들이 언젠가는 교수나 목사, 아니면 글래드스턴 수상 같은 인물이 되길 바랐는지도 모른다. 그랬더라면 그것은 정말 힘든 계단을 올라 출세하는 일이 됐을 것이다. 천재의 비상飛翔은 난

센스였다. 똑똑해야 할뿐더러 한 계단 한 계단 위로 올라가야 했던 것이다. 하지만 로렌스는 세상으로부터 몸을 움츠렸고, 그 출세의 계단을 싫어했으며, 위로 올라가기를 거부했다.

그의 집안엔, 자기네 집에 '서재'와 '응접실'이 있는 진짜 부르주아 친척 아주머니들이 있었다. 하지만 그는 그것도 마음에 들지 않았고, 광부의 집 부엌에서 이루어지는 활기찬 삶이 더 좋았다. 그것보다 더 좋아한 것은 미리엄네 농장의 작은 부엌에서 들을 수 있는, 징 박은 부츠에서 나는 소리였다. 미리엄은 그보다 더 가난했다. 그러나 그녀는 시詩와 의식意識과 상상의 나래를 펴는 걸 무엇보다 좋아했다. 그래서 그녀를 위해서 글을 썼던 것이다. 문필가가 되어 보겠다는 생각 따위는 전혀 없이 스스로를 그저 학교 선생으로만 여기면서, 그리고 대개는 학교에서 가르치는 일을 싫어하면서, 열아홉에서 스물네 살 사이에 아주 조금씩 「흰 공작」을 썼다. 그 대부분은 예닐곱 번씩이나 고쳐 쓴 것이다.

스물셋 나이에 노팅엄 대학을 나와 일 년에 구십 파운드를 주는, 크로이든에 있는 남자 초등학교의 교사가 되기 위해 생전 처음 런던으로 향했다. 이때 벌써 미리엄과의 육체관계에 심한 불만족. 미리엄, 오직 그녀만이 그의 글 전부를 읽어 주었다. 그가 세상에서 제일 사랑했던 그의 어머니와는 자기 글에 관해 한 번도 얘길 나눈 적이 없었다. 그런 글은 일종의 '자기 자랑'이나 '잘난 체하기'로 보였을 것이다.

잡지 『디 잉글리시 리뷰The English Review』를 얼마 전 인수한 포드 머독스 휴퍼[5]에게 그의 시를 보낸 것은 미리엄이었다. 이때 로렌스의 나이 스물넷. 휴퍼는 수락한다는 편지를 로렌스에게 보냈고, 더할 수 없이 친절하게 호의를 베풀어 주었다. 그는 엉성하게 부피만 큰 「흰 공작」원고를 하인만 출판사가 받아들이도록 해 주었고, 이 학교 선생을 점심에 초대해 에드워드 가넷[6]에게 소개해 주었다. 가넷은 관대하고 진정한 친구가 되었다. 이렇게 해서 휴퍼와 가넷이 함께 로렌스를 문학계에 진출시켜 주었다. 가넷은 덕워스 출판사에서 첫 시집 『사랑의 시편*Love Poems and Others*』을 출판하도록 주선해 주었다. 로렌스 나이 스물다섯에 『흰 공작』이 출판되었다. 그러나 출판 전에 그의 어머니가 돌아가셨다. 어머니는 견본 판을 한 번 손에 쥐어 보았을 뿐이다.

어머니의 죽음은 다른 모든 일—출판된 책이나 잡지에 실린 단편소설—을 무의미하게 만들었다. 그것은 일대 충격이었고, 그의 청년기의 마감이었다. 그는 크로이든의 내키지 않는 교사 자리로 돌아왔다. 『흰 공작』 인세로 받은 오십 파운드는 어머니의 치료 비용 등으로 지불되었다.

그러고는 기진맥진하고도 쓰라린 한 해. 미리엄과의 결별과 또다시 심한 폐렴에 걸려 누웠다가 서서히 회복. 단편소설로 돈은 좀 벌었다. 『디 잉글리시 리뷰』를 인수한 오스틴 해리슨[7]은 든든한 지지자가 되어 주었고, 가넷과 휴퍼도 든든한 후원자가 되어 주었다. 1912년 5월에 갑자기 독일 태생의 프리드리히 폰 리히트호펜Friedrich von Richthofen 남작의 딸인 지금의 아내와 달아났다. 메츠로 간 뒤 바바리아[8]로, 다시 이탈리아로 갔다. 그리고 인생의 새로운 국면이 시작되었다. 그의 나이 스물

여섯. 청년기는 끝이 나고, 그와 가 버린 시절 사이엔 커다란 틈이 생겼다.

1912년에서 1914년 사이의 대부분을 이탈리아와 독일에서 보냈다. 전쟁 기간에는 잉글랜드에서 상당히 고립되어 지냈다. 1915년에 부도덕하다는 이유로 『무지개 The Rainbow』가 발매 금지되었다. 그러고는 언론과 출판, 그리고 모든 것을 좌지우지하는 저 부르주아 세계로부터 외떨어졌다는 느낌이 더욱 강해졌다. 그는 그 세계에 아무런 흥미도, 그 세계와 하나가 되어 보려는 어떠한 욕구도 없었다. 어쨌든 『무지개』의 발매 금지로 그것이 불가능함이 입증된 셈이다. 이후로 그는 영국의 부르주아 독자를 상대로 '성공'해 보겠다는 생각은 일찌감치 걷어치우고 외따로 지냈다.

1919년 잉글랜드를 떠나 이탈리아의 시칠리아 타오르미나에 집을 얻어 이 년 동안 지냈다. 『무지개』 스캔들로 인해 출판업자들로부터 사 년 동안 거절당했던 소설 「사랑하는 여인들 Women in Love」이 1920년에 미국에서 출판되었다. 타오르미나에서 「잃어버린 소녀 The Lost Girl」「바다와 사르디니아 Sea and Sardinia」, 그리고 「아론의 지팡이 Aaron's Rod」 대부분을 썼다.

1922년에 나폴리에서 배를 타고 실론으로 가 캔디에 얼마간 머무르다 오스트레일리아로 가서 잠시 체류했다. 가는 곳마다 집을 구해 정착해서 살았다. 그러고는 시드니에서 배를 타고 샌프란시스코로, 또 뉴멕시코의 타오스로 가, 푸에블로 인디언 지역 근처에 아내와 정착했다. 다음 해, 서쪽으로 애리조나를 굽어보는 로키산맥의 고지 한 곳에 작은 목장 하나를 구했다.[9]

이곳과 멕시코에서 일 년여 동안 여행하며 살았고, 뉴멕시코에서 「세인트 마우어St Mawr」를 쓰며, 또 저 아래 멕시코의 오악사카에서는 「날개 돋친 뱀The Plumed Serpent」의 최종판을 쓰며 1926년까지 지냈다.[10]

1926년에 영국으로 돌아왔지만 기후를 견딜 수 없었다. 지난 이 년간은 피렌체 근처의 어느 빌라[11]에 살았는데, 「채털리 부인의 연인Lady Chatterley's Lover」은 거기서 씌어졌다.

자전적 스케치

사람들은 이런 질문을 한다. "입신출세해서 성공한 사람이 되는 게 무척 힘들었습니까?" 만약 내가 입신출세했다고 할 수 있다면, 그리고 내가 성공한 사람이라고 불릴 수 있다면, 그게 그렇게 힘든 일은 **아니었다**고 인정해야만 하겠다.

나는 다락방에서 굶거나 편집자나 출판사로부터 올 답신을 기다리느라 노심초사해 본 적도 없고, 대작을 내놓기 위해 피땀 흘려 가며 고투해 본 적도 없으며, 어느 날 잠에서 깨어나 보니 하룻밤 사이에 유명해진 경우도 아니다.

나는 가난한 집 자식이다. 난 분명 지금처럼 얼마 되지 않는 수입과 매우 미심쩍은 명성의 작가가 되기 전에 환경의 무서운 손아귀에 붙잡혀 발버둥 치며 우연의 괴롭힘을 겪는 것이 **마땅**했으리라. 그러나 난 그러지 않았다. 일은 모두 그냥 저절로 일어나서, 난 고통의 신음 소리를 낼 일도 없었다.

그건 유감스러운 일인 것 같다. 왜냐하면 난 틀림없이 전도가 불확실한 노동계급의 가난한 아들이었기 때문이다. 하지만 결국, 지금 난 어떻게 되었나?

나는 노동계급으로 태어나 그 속에서 자랐다. 아버지는 탄광부였고, 단지 탄광부였을 뿐 어떤 칭송할 점도 없는 분이었다. 아버지는 꽤나 자주 술에 취했고, 교회 근처에는 가지도 않았으며, 탄갱의 직속 상관들에게 대들었다는 점에서 심지어 존경할 만한 사람이랄 수도 없었다.

그는 채탄 청부인으로 일하던 내내 사실상 한 번도 좋은 채탄장採炭場을 맡아 본 적이 없었는데, 그것은 탄광을 관리하는 바로 윗사람들에 관해 언제나 지겨우리만치 어리석은 소릴 해댔기 때문이다. 아버지는 거의 고의적으로 그 사람들 모두의 비위를 거슬렀으니, 어떻게 그들이 아버지에게 호의를 보이리라고 기대할 수 있었겠는가? 하지만 그들이 잘해 주지 않는다고 아버지는 투덜거렸다.

내 생각에 어머니는 아주 뛰어난 분이었다. 도회지 출신이었고, 실제로 낮은 부르주아 계급에 속했다. 어머니는 사투리 투 하나 없는 표준 영어를 쓰셨고, 아버지가 쓰시던, 그리고 자식인 우리들이 밖에 나가서 쓰던 사투리의 단 한 문장도 평생 흉내조차 낼 수 없는 분이었다.

어머니는 필기체로 글을 아주 잘 썼고, 마음이 내킬 경우엔 아주 재기 넘치고 재미있는 편지를 쓰기도 했다. 나이가 들어가면서는 다시 소설을 읽기 시작했는데, 「크로스웨이즈의 다이애나Diana of the Crossways」[12]에 대해선 참을 수 없어 했고, 「이스트린East Lynne」[13]을 읽고서는 크게 감동했다.

그러나 초라하고 작은 검정 보닛 아래 그 빈틈없이 맑고 '색다른' 얼굴을 한 어머니는 단지 노동자의 아내일 뿐이었다. 아버지가 존경받지 못했던 것과는 대조적으로 어머니는 사람들로부터 대단히 존경받는 분이었다. 그녀의 성격은 민첩하고 예민한 편이었고, 정말로 뛰어나다고 할 만했다. 하지만 그녀는 노동자 계급 속으로, 자기 계급보다 가난한 탄광부의 아내라는 무리 속으로 주저앉았던 것이다.

　　난 누르께한 코를 한 여리고 창백한 꼬마였는데, 사람들은 여린 아이한테 보통 그러듯 나를 상냥하게 대해 주었다. 열두 살이 되었을 때 나는 군郡 지자체에서 주는, 일 년에 십이 파운드의 장학금을 받고서 노팅엄 고등학교에 진학했다.

　　학교를 나온 다음 석 달 동안 사무원으로 일하다가, 열일곱 살 되던 해에 아주 심한 폐렴을 앓게 됐는데, 그로 인해 평생 지속될 정도로 건강을 해치게 되었다.

　　일 년 후 나는 학교 선생이 되었고, 삼 년 동안 광부의 자녀들을 무지막지하게 가르치고 나서 '정규 과정'을 이수하기 위해 노팅엄 대학교에 진학했다.

　　학교를 떠날 때 기뻤듯이, 난 대학을 떠나는 것이 기뻤다. 사람들간의 살아 있는 접촉 대신, 대학생활은 단지 환멸을 뜻할 뿐이었던 것이다. 대학을 나와 일 년에 백 파운드를 받고 새로 생긴 초등학교에서 가르치기 위해 런던 근처의 크로이든으로 내려갔다.

　　청년 시절 나의 절친한 친구로 지내던 소녀—그녀 자신도 내 고향 탄광촌에서 학교 교사였는데—가 내 시를 몇 편 베껴 적은 다음, 나한테는 말하지도 않고 그것을 당시 포드 머독스 휴퍼의 편집 아래 화려하게 재탄생한 『디 잉글리시 리뷰』에다 보낸 것은 내가 스물세 살이던 크로이든 시절이었다.

휴퍼는 대단히 고마운 분이었다. 그는 내 시들을 게재해 주었고, 나보고 와서 한번 만나자고 했다. 마치 공주가 테이프를 끊어 배를 진수進水하듯, 그 소녀는 그처럼 손쉽게 나를 작가의 길로 들어서게 했던 것이다.

나는 의식 밑바닥에서부터 생각을 하나씩 끌어내며 「흰 공작」이 될 소설을 쓰느라고 사 년 동안 애쓰고 있었다. 그 대부분을 대여섯 차례나 썼지 싶은데, 하나의 과업이나 무슨 거룩한 노동으로, 새 생명을 출산하는 분만의 고통을 겪는 듯한 기분으로가 아니라, 단지 짬짬이 작업했을 뿐이었다.

달려들어 조금 쓴 다음 여자 친구에게 보여 주면, 그녀는 언제나 찬탄하곤 했다. 그러면 나중에 그것이 내가 원래 바라던 것이 아니라는 걸 깨닫고서는 또다시 펜을 붙잡곤 했다. 그러나 크로이든에 온 이후로는 학교에서 퇴근한 저녁에 상당히 꾸준하게 작업을 진행했다.

아무튼 사오 년간의 산발적인 노력 끝에 소설은 마무리되었다. 휴퍼는 당장 원고를 보자고 했다. 그는 최대의 호의와 허세가 섞인 쾌활한 태도로 즉시 그것을 일독했다. 그리곤 우리가 런던의 버스에 타고 있을 때 특유의 묘한 목소리로 내 귀에다 대고 이렇게 소리쳤다. "자네 글엔 영국 소설에서 볼 수 있는 온갖 결점이 다 들어 있어."

바로 그 당시 영국 소설은 프랑스 소설에 비해 너무나 많은 결점이 있어서, 존재 가치가 거의 없다고 여겨지고 있을 때였다. "하지만" 하고 휴퍼는 버스에서 소리쳤다. "자네한텐 '천재적 소질'이 있어."

그런 소릴 들으니 너무나 우스꽝스러운 느낌이 들어 웃음이 나올 것만 같았다. 초창기에 사람들은 언제나 나를 보고 천재적 소질이 있다고 말하곤 했는데, 그건 마치 자기들이 가진 그 비길 데 없는 이점이 나한테 없다는 것을 위로하는 말투 같았다.

그러나 휴퍼는 그런 뜻으로 한 말이 아니었다. 난 언제나 그 사람 자신에게도 어떤 천재성이 있지 않나 하고 생각했었다. 아무튼 그는 「흰 공작」 원고를 윌리엄 하인만에게 보냈고, 그 사람은 그것을 즉각 수락하면서 나한테 겨우 네 줄만 고치라고 했는데, 이제 와서 생각해 보면 그 정도쯤 생략하는 건 웃음을 자아낼 정도로 대수롭지 않은 일이었다. 책이 출간되면 오십 파운드를 받기로 했다.

한편 휴퍼는 『디 잉글리시 리뷰』 지면에 내 시와 단편소설을 더 많이 실어 주었고, 그걸 읽은 사람들이 내 글을 읽어 보았노라고 이야기할 때면 난 당황스럽고 화가 나기조차 했다. 난 작가라는 것이 되어 세상 사람들의 이목을 끄는 게 싫었다. 특히 학교 선생이었기 때문에 더 그랬다.

스물다섯이 되었을 때 어머니가 돌아가셨고, 그 두 달 후 「흰 공작」이 출판되었지만, 그건 나한테 아무런 의미도 없었다. 한 해 더 가르치는 일을 계속하다가, 또다시 심한 폐렴이 찾아왔다. 몸이 회복된 후에 난 학교에 돌아가지 않았다. 그 이래로 나는 얼마 안 되는 문필文筆 수입으로 살아 왔다.

교사 생활을 접고 펜으로 자립적 생활을 시작한 지 어언 십칠 년이 되었다. 비록 첫 십 년간은 초등학교 교사 수입보다 낮지 않았고, 오히려 못한 때가 더 많았지만, 나는 한 번도 굶은 적도 없고, 가난하다고 느껴 본 적도 없다.

하지만 가난한 집안에 태어난 사람은 아주 적은 돈으로도 충분히 살아갈 수 있다. 다른 사람은 몰라도, 나의 아버지라면 내가 부자라고 생각할 것이다. 내 생각은 그렇지 않지만, 어머니는 내가 출세했다고 생각하리라.

하지만, 내가 잘못됐든 세상이 잘못됐든, 아니면 둘 다 그러하든 뭔가가 잘못됐다. 나는 세상 먼 곳까지 가서 각양각색의 사람들을 만나 봤고, 그 중 많은 사람들은 내가 진심으로 좋아하고 존경하는 이들이었다.

개인적 만남에서 사람들은 거의 언제나 호의적이었다. 보통 사람들과는 다른 부류니까 비평가들에 관해서는 말하지 않기로 하자. 난 적어도 몇 사람과는 진정으로 친한 사이가 되길 **원했다.**

하지만 난 그 일에 결코 성공하지 못했다. 출세했는가 하는 것은 별도로 치더라도, 내가 세상과 잘 지내지 못하는 것은 분명하다. 세속적인 성공을 거두었는지 어떤지 난 정말 모르겠다. 하지만 어쩐지 나는 인간적 의미에서 성공을 거두지는 못했다는 느낌이 있다.

무슨 말인가 하면 나와 사회와의 사이에 또는 나와 사람들 사이에 아주 진심 어린, 혹은 근본적인 접촉이 조금이라도 있다는 느낌이 들지 않는다는 것이다. 어떤 단절감이 존재한다. 그리고 내가 세상과 맺고 있는 접촉은 인간이나 언어와는 무관한 것이다.

나는 이것이 유럽 사회가 오래되고 케케묵었다는 사실과 관련이 있을 거라고 생각했었다. 다른 여러 곳에 가 살아 보고 나서 나는 그렇지 않다는 걸 알았다. 사람이 가장 많이 살기 때문에 유럽은 아마 세계의 여러 대륙 중 가장 케케묵지 않은 곳이라 할 수 있다. 사람들이 사는 곳은 살아 있다.

아메리카에서 돌아온 이래 나는 진지하게 자문해 보곤 한다. '왜 나와 내가 아는 사람들과의 사이엔 그토록 접촉이 적은 것일까? 왜 사람 사이의 접촉에 생생한 의미가 없는 것일까?'

그리고 내가 이런 의문과 그에 대한 답을 이렇게 글로 써 보려는 것은 그것이 곧 많은 사람들을 괴롭히는 문제라고 느끼기 때문이다.

그 해답은 내가 아는 한 계급과 관계가 있다. 계급은 깊은 심연을 만들어내어, 그 앞에서는 최상의 인간적 공감의 흐름이 끊어져 버린다. 이러한 죽음 같은 상황을 만들어낸 것은 꼭 중산계급의 승리라기보다는, 중산계급적 **정신의** 승리이다.

노동계급 출신으로서 나는 중산계급과 함께 있으면 그들이 나의 살아 있는 생의 맥박을 단절시켜 버리는 걸 몸으로 느낀다. 그들이 흔히 매력과 교양이 있는 좋은 사람들이라는 것은 나도 인정한다. **하지만 그들은 내 속의 어떤 부분을 못 움직이도록 멈춰 버리게 한다.** 어떤 부분은 배제되어야만 하는 것이다.

그렇다면 왜 나는 노동자들과 함께 살지 않는 걸까? 그것은,

그들의 생의 맥박은 또 다른 방향에서 제한된 것이기 때문이다. 그들은 편협하긴 하지만, 그래도 아직 아주 깊은 열정을 간직하고 있다. 반면 중산계급은 넓고 피상적이며 열정이 없다. 정말 열정이라곤 거의 없다. 그 대신 기껏해야 그들에게는 애정이라는 게 있는데, 그것은 중산계급에게는 대단히 긍정적인 정서라 할 수 있다.

그러나 노동계급은 그 견해와 편견, 또 지성이라는 측면에서 협소하다. 이 또한 감옥으로 만드는 일이다. 이렇게 해서 사람은 어떤 계급에도 속하지 못하게 되는 수가 있다.

그래도 나는, 예를 들자면 여기 이탈리아에서처럼, 빌라의 땅을 일구는 농부들과 어떤 말 없는 접촉 속에 살고 있다는 걸 안다. 그렇다고 친밀한 사이는 아니고, 그냥 인사 정도 말고는 그들에게 말을 건네는 경우도 거의 없다. 또 그들은 나를 위해 일하는 농부들도 아니다. 내가 그 사람들 **주인나리**는 아닌 것이다.

그래도 나의 **환경**을 이루고 있는 것은 바로 그들이며, 인간적인 교감의 물결이 내게 흘러오는 것도 그들로부터이다. 난 그들의 오두막집에서 그들과 함께 살고 싶지는 않다. 그건 일종의 감옥이 될 것이다. 하지만 난 그들이 여기, 이 장소 근처에 있길 바라며, 그들의 삶이 나의 삶과 나란히 서로 관련을 맺으면서 영위되길 바란다. 그들을 이상화하는 것은 아니다. 그런 어리석은 낭만주의는 이제 충분하다! 그건 어린 학생들을 시켜 자의식에 찬 시시한 글로 자기 표현을 하라는 짓보다 더 한심한 일이다. 난 지금이나 미래에 저 농부들이 여기 지상에다 천 년

왕국을 세워줄 거라고 기대하고 있지 않다. 하지만 난 그들 가까이서 살고 싶다. 왜냐하면 그들의 삶은 아직도 살아서 흐르고 있기 때문이다.

이제 나는, 나처럼 서민 출신으로 크게 성공한 배리Barrie나 웰스Wells[14] 같은 사람의 뒤를 왜 따를 수가 없는가 하는 까닭을 어느 정도 안다. 내가 왜 출세하지 못하는지, 조금이라도 인기를 얻고 부자가 되지 못하는지 안다.

나는 나의 출신 계급에서 중산계급으로 전환할 수가 없다. 일단 정신적 의식mental consciousness이 배타적 자리를 차지하고 나면 덩그러니 남게 되는 저 얄팍한 사이비의 정신적 자만을 얻는 대가로, 나의 열정적 의식passional consciousness, 그리고 내 동포와 동물들과 땅과의 오랜 혈연으로 맺어진 친밀감을 세상 무엇을 준다 해도 포기할 수가 없는 것이다.

노팅엄과 탄광촌

나는 거의 사십사 년 전, 노팅엄 시에서 약 팔 마일, 그리고 노팅엄셔와 더비셔를 가르는 작은 개울 에러와시에서 약 일 마일 떨어진 인구 삼천쯤 되는 탄광촌 이스트우드에서 태어났다.

그곳은 언덕진 고장으로, 서쪽으로는 크라이치와 십육 마일 떨어진 매틀록을 바라보고, 동쪽과 북동으로는 맨스필드와 셔우드 숲 지역을 굽어보고 있다. 그때나 지금이나 나에겐, 노팅엄의 붉은 사암砂岩과 참나무 숲, 그리고 더비셔의 차가운 석회암, 물푸레나무, 돌로 된 담장들 사이에 위치한 그지없이 아름다운 시골이다. 내게 그곳은, 어릴 적이나 청년 시절이나 변함없이 숲이 있었던, 농사짓고 살던 옛 잉글랜드를 뜻했다. 자동차도 없었고, 광산은 어떻게 보면 그곳 풍경에서 하나의 뜻밖의 우연과도 같았고, 로빈 훗과 그의 유쾌한 친구들도 그리 먼 옛날 일은 아니었다.[15]

줄줄이 늘어선 비 더블유B.W. & Co. 탄광회사의 광산들은 내가 태어나기 약 육십 년 전에 문을 열었다. 이스트우드는 그 결과로 생긴 것이다. 십구세기가 시작될 무렵 그곳은 분명 작은 마을이었으리라. 오두막집들과 이리저리 흩어져 늘어선 방 네 칸짜리 광부들의 거처, 옛날 십팔세기에 일부 광산에서 일한 나이든 광부들의 집, 언덕배기 트인 입구로 광부들이 걸어 들어가고, 권양기捲揚機로 작업하는 광산에선 광부들이 한 번에 하나씩 당나귀가 끄는 두레박 상자로 끌어올려지던 언덕 자락의 광산들.[16] 아버지가 어릴 적만 해도 권양기 광산은 그대로 돌아가고 있었고, 내가 어릴 적에도 몇몇 수갱竪坑들이 아직 남아 있었다.

그러나 1820년쯤 해서 그 회사는 그리 깊지는 않지만 최초의 대규모 수갱을 파고 본격적인 산업 탄갱의 기계 설비를 처음으로 설치했다. 그 후 할아버지께서 여기로 오셨다. 재단사 일을 배운 젊은이로서, 잉글랜드 남쪽에서 흘러들어 브린슬리 광산의 전담 재단사 일자리를 잡았던 것이다. 그 시절에는 회사가 광부들에게 두꺼운 플란넬 셔츠나 내의, 맨 위에 플란넬로 안을 댄 능직綾織 무명 바지를 보급해 광부들은 그걸 입고서 일을 했었다. 아주 어린 시절 할아버지의 가게 구석에는 큼지막한 거친 플란넬 두루마리와 광부 작업복이 걸려 있었고, 커다랗고 기묘하게 생긴 낡은 재봉틀 기계가 마치 이 세상에 그런 물건은 다시없는 듯이 큼지막한 작업복을 박던 것이 지금도 눈에 선하다. 그러나 내가 아직 어릴 때 벌써 그 회사는 광부들에게 작업복을 보급하는 일을 중지했다.

할아버지는 탄갱 근처 올드 브린슬리의 개울가 저 아래 채석

장 근처의 오래된 오두막집에 정착했다. 탄광회사는 위쪽으로 일 마일 정도 떨어진 이스트우드에 최초로 광부 주택을 지었는데, 그것이 한 백 년쯤 전이다. 이 이스트우드는 더비셔 쪽으로 난 가파른 언덕과 노팅엄 쪽으로 완만하게 비탈진 언덕 꼭대기의 멋진 곳에 자리잡았다. 여기에 새 교회가 세워졌는데, 모양새가 아주 근사하지는 않았지만 전망 좋은 곳에 멋있게 자리잡았고, 언덕 하나 건너편의 조망 좋은 곳에 자리한 히너 지역 교회가 있는 에러와시 계곡을 마주 보고 있었다. 얼마나 좋은 기회였던가! 이 광산촌들이 멋있고 매력적인 이탈리아의 언덕 마을처럼 **될 수도** 있었을 것을. 그런데 어떻게 되었던가?

짤막하게 늘어선 옛 광부들의 주택은 대부분 헐리고, 노팅엄 가街를 따라 우중충한 작은 가게들이 세워지기 시작했다. 또한 탄광회사는 북쪽 편 내리받이 비탈에 지금껏 뉴 빌딩스New Buildings나 스퀘어Square로 알려져 있는 건물들을 세웠다. 이들 뉴 빌딩스는 거친 언덕배기에 내려앉은 듯 세워졌는데, 안이 빈 데다 커다랗고 네모진 주택지대 둘로 이루어졌다. 그곳의 방 네 칸짜리 작은 집들의 건물 정면은 음산하고 텅 빈 거리에 면해 있고, 건물 뒤에는 네모지고 손바닥만 한 벽돌 마당과 낮은 담장, 화장실, 난로 재를 내다 버리는 구멍이 있었다. 그리고 안쪽으로는 네모지고 사막과 같이 팍팍하고 울퉁불퉁 고르지 않은 시커먼 땅이 다소 가파른 경사를 하고 있었다. 그 주위는 모두 이런 자그마한 뒷마당으로 둘러싸여 있었고, 길모퉁이에 통로가 있었다. 이 네모진 공터는, 빨랫줄을 매는 장대나 행인들, 팍팍한 땅 위에서 노는 아이들밖에 없는, 꽤나 넓고 황량한 곳이었다. 그곳은 또 군 막사의 내부와 같이 이상스럽게 폐쇄적인 곳이었다.

오십 년 전에도 스퀘어 집들은 인기가 없었다. 스퀘어에 산다는 것은 '서민'을 뜻했다. 그리고 탄광회사가 저 아래 골짜기에 세운, 중간에 골목길이 나 있고 자태를 뽐내며 세 블록이 두 줄로 늘어선 여섯 블록의 주택지인 브리치에 산다는 것은 다소 덜 서민적임을 뜻했다. 아주 오래되고 거무칙칙하며 비좁은 방 네 칸짜리 집들이 두 줄로 늘어선 낡은 주택지인 데이킨스 로Dakins Row도 스퀘어에서 그리 멀지 않은 언덕에 있었는데, 거기 산다는 것은 가장 '서민적'인, 가장 밑바닥 삶을 의미했다.

내 고향은 이렇게 시작되었다. 광장들과 스카길가街 사이로 난 가파른 거리엔 웨슬리파派[17] 교회가 세워졌고, 나는 바로 그 위 모퉁이 구멍가게에서 태어났다. 스퀘어 건너편에는 광부들이 손수 커다란 헛간처럼 생긴 원시 감리교파[18] 교회를 지었다. 언덕 꼭대기를 따라서는 빅토리아 중기에 제멋대로 지어진 보기 흉한 가게들이 늘어선 노팅엄가가 뻗어 있었다. 당당한 모습을 자랑하는 작은 시장이 더비셔 방면 끝에 있었는데, 여기는 탁 트인 공터로, 한쪽에는 선술집 '선 인Sun Inn'이 있고, 건너편엔 금박 입힌 약절구에 막자가 그려진 간판이 나붙은 약국이 있었고, 다른 쪽 알프레튼가와 노팅엄가 모퉁이에도 가게가 하나 있었다.

이렇게 신구新舊의 잉글랜드가 묘하게 뒤범벅이 된 곳에서 나는 성장하게 된 것이다. 내 기억으로는 그때 이미 지역 투기업자들이 일렬로만 죽 늘어선 주택들을 들판을 가로질러 마구 짓기 시작했었다. 추레한 붉은 벽돌, 정면이 납작하고 지붕이 시커먼 슬레이트로 된 주택들. 지금 흔히 보이는 돌출 창문이 달린 집이 지어지기 시작한 것은 내가 아직 어릴 적이었는데, 당시 대부분의 시골은 옛 모습 그대로였다.

스퀘어와 스퀘어를 둘러싼 거리에는 탄광회사에서 지은, 마치 거대한 군 막사의 담장과 같은 모양을 한 삼사백 호의 집들이 있었다. 브리치에는 육십에서 팔십 호가량의 회사 주택이 있었고, 옛 데이킨스 로에는 삼사십 호쯤 있었던 것 같다. 거리 아래쪽 샛길과 고샅길을 따라서 정원이 딸린 오래된 오두막집이나 일렬로 늘어선 집들, 또 노팅엄가까지 포함하면 그곳 인구에 충분할 만큼의 집이 있어서 건물을 많이 지을 필요는 없었다. 그리고 내가 어릴 적에는 새 건축이 많지 않았다.

우리는 브리치의 어느 모퉁이 집에서 살았다. 커다란 산사나무 생울타리 아래로는 들판으로 길이 나 있었다. 다른 쪽에는 개울이 있었고, 양들이 건너도록 만들어진 오래된 다리가 풀밭 쪽으로 걸려 있었다. 개울가 산사나무 생울타리는 큰 나무만큼이나 높이 자랐고, 오래된 물방앗간 둑의 물살이 센 폭포 바로 근처, 양들을 씻기던 웅덩이에서 우리는 미역을 감곤 했다. 물방앗간이 우리 고장에서 난 곡식을 제분하는 일을 막 멈춘 것은 내가 아직 어릴 때였다. 언제나 새벽 네시나 다섯시에 일어나시던 아버지는 줄곧 브린슬리 탄갱에서 일하셨는데, 새벽에 집을 나서 코니 그레이 들판을 지나다, 풀이 무성한 곳에서 자라는 버섯을 따거나 숨어 있던 토끼를 잡아 작업복 저고리 안감속에 넣어 두었다가 저녁 무렵에 집에 가져오곤 하셨다.

이렇듯 그곳에서의 삶은 산업화와 셰익스피어나 밀턴J. Milton, 필딩H. Fielding과 조지 엘리엇George Eliot[19]의 농사짓던 옛 잉글랜드 사이에 기묘하게 교차된 것이었다. 그곳 사투리는 언제나 '디이thee'니 '다우thou'니 하는 심한 더비셔 방언이었다. 사람들은 거의 전적으로 본능대로 살았고, 우리 아버지 연배의 남자들은 글을 제대로 읽지 못했다. 그리고 탄갱이 사람을 기계화하지 않았을 때였다. 오히려 그 반대였다. 채탄 청부인 시스템[20]에서 광부들은 일종의 친밀한 공동체처럼 지하에서 일했다. 실질적으로 벌거벗은 모습 그대로, 우리가 상상할 수 없을 만큼 친밀하게 서로를 알고 있었고, 어둠과 지하 깊숙한 곳에 위치한 '채탄장', 그리고 지속적인 위험의 존재 등으로 인해 거기서 일하는 남자들 사이에는 신체적이고 본능적이며 직관적인 접촉contact이 고도로 발달하게 되었다. 이런 접촉은 신체적 접촉touch 만큼이나 가까운, 대단히 생생하고도 강렬한 것이었다. 이러한 신체적인 자각 상태와 친밀한 **동류의식**은 탄갱 저 아래에서 가장 강한 것이었다.

밝은 빛이 비치는 탄갱 밖으로 올라온 광부들은 부신 눈을 깜박거렸다. 어느 정도 자신의 흐름을 바꾸어야만 했던 것이다. 그럼에도 불구하고 그들이 땅 위로 가지고 올라온 것은 탄광의 이상스럽게 어두운 친밀감, 말하자면 일종의 벌거벗은 친교였다. 지금도 내 어릴 적 일을 생각하면, 언제나 거기엔 석탄의 광채와도 같은, 일종의 번쩍번쩍 빛나는 내적인 어둠inner darkness[21]이 있어서, 우리가 살아 움직이는 곳도, 우리의 진정한 존재가 있는 곳도 바로 그 속이었던 듯이 여겨진다. 아버지는 탄갱을 좋아하셨다. 한 번 이상 심하게 다치셨는데도 결코 탄갱 일을 그만두려고 하지는 않으셨다. 마치 전쟁의 암울한 시기에 사내들이 강렬한 동지애를 좋아하듯, 아버지는 바로 그 접촉, 그 친밀감을 좋아하셨다. 병사들은, 실제로 그것을 잃어버릴 때까지는 자기네가 무엇을 상실했는가를 알지 못했다. 나는 오늘날의 젊은 탄광부들도 같은 상태라고 본다.

광부들에겐 미美에 대한 본능이 있었지만, 광부의 아내들은 그렇지 않았다. 광부들은 깊고도 생생한 본능을 갖고 있었다. 그러나 그들에겐 대낮의 야망이나 대낮의 지성 같은 것은 없었다. 그들은 실로 생의 이성적 측면을 피했다. 생을 본능적으로, 그리고 직관적으로 보길 택했다. 심지어 봉급에 관해서조차 그리 심각하게 걱정하지는 않았다. 이 점에서 바가지를 긁는 일은 자연스레 여자들 몫이었다. 어린 시절을 돌아보면, 하루 중 짧은 몇 시간밖에 해를 보지 못하는 탄광부와, 남자가 지하에 있을 동안 줄곧 훤한 대낮 세계에 사는 광부 아내의 사이엔 커다란 불일치가 존재했다.

광부를 동정하는 것은 크나큰 오류이다. 선동가나 감상주의자들이 그렇게 가르치지 않으면, 광부 자신은 꿈에라도 스스로를 동정할 까닭이 없었다. 그는 행복했다. 혹은 행복 이상으로 그의 삶은 충족된 것이었다. 광부는 표현적 측면에서가 아니라 수용적 측면에서 충족된 삶을 살았다 할 수 있으리라. 광부는 동료들과의 친밀감을 지속하기 위해 선술집으로 가 술을 마셨다. 끊임없이 대화를 나누었지만, 정치에 관한 이야기조차 사실에 관한 것이기보다는 경이와 신기함에 관한 것이었다. 그들을 집에서 선술집으로, 또 탄갱으로 피해 달아나게 만든 것은 아내와 돈, 그리고 가정에서 필요로 하는 온갖 골치 아픈 일들이라는 모습을 한 힘들고 냉혹한 사실의 세계였다.

광부는 여자의 들볶아 대는 물질주의에서 가급적 신속히 벗어나 집을 빠져나와 달아났다. 여자들이 하는 소리는 항상 똑같았다. 이것이 부러졌으니 당신이 고쳐야 할 것 아니냐! 아니면 이러저러한 것이 갖고 싶은데 대체 돈이 어느 구멍에서 나오느냐 등등. 이런 것에 관해 광부는 알지도 못했고, 심각하게 신경을 쓰지도 않았다. 그의 삶은 다른 곳에 있었다. 그래서 달아나는 것이다. 개를 데리고 시골 구석을 돌아다니며 토끼나 새둥지, 버섯 등을 찾아다니는 것이었다. 그는 시골을 좋아했다. 아무것도 가리지 않는 그 느낌을 좋아했다. 아니면 그저 쭈그리고 앉아 아무것이나 눈에 띄는 대로 지켜보는 걸 좋아했다. 그의 관심은 지적인 것이 아니었다. 그에게 삶은 사실[22]에 있는 것이 아니라 하나의 흐름[23]에 있었다. 광부는 흔히 정원을 좋아했다. 그리고 꽃의 아름다움에 대한 참된 애정을 갖고 있었다. 광부들에게서 그 점을 거듭 확인한 바 있다.

오늘날 꽃에 대한 사랑은 대단히 오도되었다. 대다수 여자들은 꽃을 소유물이나 장식물로 사랑한다. 스쳐 지나가기 전 한순간이나마 꽃을 바라보고 경이를 느낄 수 없는 것이다. 만약 시선을 끄는 꽃을 보기라도 하면 즉시 그 꽃을 꺾어야만 한다. 소유! 소유물! 무언가 **내게** 보태졌다! 오늘날 꽃에 대한 사랑은 단순히 **나**를 치장해 주는 뭔가를 내가 **획득했다**는 소유욕과 이기심의 발로에 지나지 않는다. 그러나 나는 자기 집 뒷마당에 서서 미의 존재에 대한 **참된** 자각을 보여 주는, 묘하게 아득한 일종의 관조觀照에 잠겨 꽃 한 송이를 바라보고 있는 광부를 여러 번 본 적이 있다. 그것은 찬미도 아니었고 기쁨이나 환희, 혹은 대개 소유 본능에 뿌리를 둔 그 어떤 감정도 아니었다. 그것은 초보 예술가에게서 볼 수 있는 일종의 명상이었다.

내가 보기에 잉글랜드의 진짜 비극은 추함의 비극이다. 시골은 너무도 아름다운데, 사람이 만든 잉글랜드는 너무도 저속하다. 어릴 때 보통의 광부가 아주 독특한 미적 감각을 가진 경우를 많이 보았는데, 그런 감각은 저 아래 탄갱에서 눈뜬 직관적이고 본능적인 의식에서 온 것이었다. 그런데 그가 밝은 대낮에 세계로 올라와, 특히 스퀘어나 브리치에 있는 집으로 귀가해 식탁 앞에 앉아 만나는 것이라곤 그저 차가운 추함과 조야粗野한 물질주의뿐이었다는 사실, 이는 그의 내부에 있는 무언가를 죽였고, 어떤 의미로는 한 남자로서의 존재를 망치고 말았다. 마누라는 거의 한결같이 물질적인 것에 관해 바가지를 긁어 댔다. 그렇게 하도록 배운 것이다. 그렇게 하도록 부추겨진 것이다. 자기 아들이 '성공'하도록 보살피는 것은 어머니의 몫이고, 돈을 대는 것은 아버지의 몫이었다. 아직도 옛날 자연 그대로의 잉글랜드가 남아 있었고, 교육이라는 걸 제대로 받지 않았던 우리 아버지 세대의 남자들은 패배에 짓눌리지 않았었다. 그러나 나의 세대에 들어, 나와 함께 학교에 다니던 소년들은 지금 광부가 됐지만 예외 없이 모두 패배에 짓눌리고 말았다. 공립초등학교, 책, 영화, 목사 등 온 나라 사람들의 의식이 만사를 제쳐 두고 물질적 번영이라는 한 가지 사실에 초점이 맞추어져 귀에 못이 박히도록 되풀이해서 외쳐 대는 것이다.

남자들은 패배에 짓눌리고 말았다. 그들이 물질적 요구에 굴복함으로써 잠시 번영이 오기야 하겠지만, 그 다음에 오는 것은 재앙의 그림자이다. 모든 재앙의 뿌리는 낙심이라는 것이다. 남자들은 낙심했다. 잉글랜드의 남자들, 특히 탄광부들은 낙심했다. 배반당하고 패배에 짓눌리고 말았다.

아마 아무도 몰랐겠지만, 십구세기에 사람의 영혼을 진정 저버린 것은 바로 추악함이었다. 번영하던 빅토리아 시절, 돈 가진 계급과 산업을 장려한 자들이 자행한 커다란 범죄는 노동자들을 추악함, 추악함, 추악함의 구렁텅이로 몰아넣은 일이다. 저열함과 일그러지고 추한 환경, 추한 이상理想, 추한 종교, 추한 희망, 추한 사랑, 추한 의복, 추한 가구, 추한 집, 노동자와 고용주 사이의 추한 관계 속으로. 인간의 영혼은 빵 이상으로 실질적인 아름다움을 필요로 한다. 중산계급은 탄광부가 피아노를 산다고 조소를 보낸다. 그러나 미를 향한 하나의 맹목적인 추구 이외에 대체 피아노가 무엇이겠는가. 여자에게 그것은 소유물이자 한 점의 가구이고, 무언가 우월감을 가질 만한 것이다. 그러나 피아노 연주를 배우려는 늙은 탄광부들을 한번 보라. 그지없이 몰두한 얼굴로, 자기 딸이 「소녀의 기도」를 연주하는 것을 경청하고 있는 모습을 보면, 우리는 거기서 맹목적이고 채워지지 않은 아름다움에 대한 갈망을 보게 될 것이다. 이는 여자보다는 남자에게서 훨씬 깊다. 여자들은 쇼를 원한다. 남자들이 원하고 또 원하는 것은 아름다움이다.

만약 탄광회사가 저 추레하고 흉측한 스퀘어를 짓는 대신 저기 언덕 꼭대기에다 뛰어놀 장소를 만들어 주었다면, 작은 시장 터 한가운데다 높다란 기둥을 세우고 그 둘레에 세 부분으로 된 원형 아케이드를 운영했다면, 그래서 사람들이 산책을 하거나 앉기도 하고, 그 뒤로는 멋있는 집들이 있었다면! 방이 대여섯 딸리고 멋진 입구가 있는 공동주택 식으로 크고 실속있는 집을 지었더라면! 무엇보다 노래와 춤을 장려했더라면 ─왜냐하면 그때까지만 해도 광부들이 노래하고 춤추던 시절이었기에─ 또 이를 위한 멋진 공간을 제공했더라면. 의복에서나 가구, 장식 등 실내 생활에서 어떤 형태로든 아름다움을 장려했더라면. 가장 멋진 의자나 식탁, 예쁜 스카프, 남자나 여자가 꾸밀 수 있는 가장 매력적인 방 등에 대해 상을 주었더라면! 이렇게만 했던들 산업 문제 따위는 없었을 것이다. 인간의 모든 에너지를 단순한 물질 획득의 경쟁 속으로 몰아가는 저열함에서 산업 문제는 발생한다.

노동자가 그러한 형태의 삶을 받아들이지는 않았을 것이라 말하는 사람도 있을 것이다. 영국인의 집은 그의 성城이다 등 등─'나의 작은 집' 운운하며. 그러나 옆집 이웃이 나누는 말이 다 들린다면 그게 무슨 성이겠는가. 또 사람들이 화장실에 갈 때마다 스퀘어에서 다 보인다면! 그리고 그 성, 그 잘난 '나의 작은 집'에서 벗어나는 것이 당신의 유일한 소원이라면? 그런 집을 옹호할 말은 별로 없으리라. 어쨌든 '나의 작은 집'을 이상화하는 것은 언제나 여자들뿐이다─최악의, 가장 탐욕스럽고 가장 소유욕에 사로잡히고 가장 저급한 상태에 있는 여자들뿐이다. 땅 표면에 크게 휘갈겨 쓴 추하고 보잘것없는 낙서, '작은 집'을 더 이상 옹호할 말은 없다.

사실 1800년까지 잉글랜드인들은 엄격한 의미에서 시골 사람들이었다. 잉글랜드에는 수 세기 동안 소도시들이 있기는 했지만, 사실 도시라기보다는 마을 거리들이 한데 모인 것에 불과했다. 결코 진정한 의미에서의 **시가지라** 할 수는 없었던 것이다. 영국인의 기질은 인간의 **도시적** 측면, 즉 공민적公民的 측면을 계발하는 데 실패했다. 이탈리아 시에나는 조그마하지만 진정한 의미의 도시라 할 수 있는 곳으로, 시민들과 밀접하게 연결되어 있다. 노팅엄은 인구가 백만 가까이 되는 거대한 지역이지만, 한 곳에 모여 이루어진 볼품없는 덩어리에 지나지 않는다. 시에나가 도시라면 노팅엄은 결코 도시라 할 수 없다. 시민으로서 영국인은 우둔할 정도로 미개한 상태에 있다. 그 원인은, 부분적으로는 그의 '작은 집'이라는 발육 저지 상태 탓이고, 또 일부는 절망적일 정도로 조잡한 환경을 받아들인 탓이다. 로마적 의미에서 볼 때, 런던이나 맨체스터보다 미국의 새도시들이 훨씬 더 제대로 된 도시다. 에딘버러조차 잉글랜드에 출현한 그 어느 소도시보다 더 도시다웠다.

'영국인의 집은 그의 성이다' '나의 작은 집'이라는 등 얼토당토않은 좁은 개인주의는 이제 케케묵은 생각이다. 영국인 모두가 마을 주민이거나 시골 오두막 주민일 때인 1800년대에나 해당될 소리인 것이다. 그러나 산업 체제가 커다란 변화를 가져왔다. 영국인은 아직 스스로를 '오두막 주민'이라 생각하고 싶어한다. '나의 집, 나의 정원'. 그러나 그것은 철없는 소리이다. 오늘날에는 농장 노동자조차 심리적으로는 도회지의 새다. 오늘날 영국인들은 스스로 이룩한 철저한 산업화의 필연적 결과로 철두철미하게 도회지의 새가 되었다. 그런데도 영국인은 도시를 어떻게 건설해야 하는지, 어떻게 도시를 구상해야 하는지, 도시에서 어떻게 살아야 하는지를 모른다. 모두가 도시 근교의 사이비 시골집에 살며, 어떻게 하면 진정으로 도시인—로마인들이나 아테네인들, 혹은 전쟁 전의 파리인들처럼—이 되는지를 아무도 알지 못하는 것이다.

이 모든 것의 원인은 시골 주민이 아닌 보다 큰 시민으로서의 몸짓 아래 자부심과 존엄성을 갖고 우리를 결속시켜 줄 저 공동체의 본능을 스스로 좌절시켜 버렸다는 데 있다. 위대한 도시는 아름다움과 존엄과 어떤 장려함을 뜻한다. 이러한 것이야말로 영국인에게 있어 뒤틀리고 충격적이리만큼 기만당한 측면이다. 잉글랜드는 저급하고 조잡한, '집'이라 불리는 하찮게 휘갈겨 쓴 낙서와 같은 주택이다. 모든 영국인들이 가슴 속 밑바닥에서부터 자기의 작은 집을 지긋지긋할 만큼 싫어하리라 믿는다. 여자는 그렇지 않겠지만. 우리가 원하는 것은 보다 큰 몸짓, 보다 넓은 범위, 어떤 장려함, 어떤 웅장함과 아름다움, 크나큰 아름다움이다. 이 점에서 미국인들이 우리보다 훨씬 낫다.

백 년 전, 산업을 기획한 자들이 내 고향 마을에 저 추악한 일을 자행한 것이다. 더 끔찍한 일은 오늘날의 산업 기획자들은 흡사 소름 끼치는 부스럼 딱지와 같은 붉은 벽돌로 된 '집'을 몇 마일이든 개의치 않고 영국 땅에 마구 휘갈겨 지어 놓는다는 점이다. 이런 조잡하고 시뻘건 쥐덫 같은 소굴에 사는 사람은 마치 덫에 걸린 쥐처럼 갈수록 점점 무기력해지고, 비굴해지고, 불만족하게 된다. 남편에겐 쥐덫에 불과한 이 작은 집들을 오직 천박한 여자들이나 계속해서 좋아하는 것이다.

　그러면 이 모두를 다 없애자. 돈이 얼마가 들더라도 변혁에 착수하자. 임금이나 노사간의 다툼은 신경 쓰지 말고 관심을 다른 곳으로 돌리자. 마지막 남은 벽돌 하나까지 내 고향 마을을 다 헐어 버리자. 하나의 핵심을 설계하자. 하나의 초점을 형성하자. 이 초점으로부터 뻗어나가는 멋진 방사선 모양을 만들자. 그리고 멋진 큰 건물들을, 도시 중심까지 죽 뻗은 건물들을 세우는 것이다. 그리고 이 건물들에다 아름다움을 들여놓자. 완전히 깨끗하게 새 출발을 하자. 한 곳 한 곳 만들어 가자. 새로운 잉글랜드를 만들자. 저 작은 집들이나 낙서처럼 휘갈겨 지은 조잡함과 너저분함은 이제 그만! 땅의 모양새를 잘 살펴보고 고상한 건물을 거기서부터 세우자. 영국인은 지적으로나 정신적으로는 발달했을지 모른다. 그러나 장려한 도시의 주민으로서는 토끼보다도 더 졸렬하다. 그러면서도 천박하고 속 좁은 주부들처럼 매일 정치와 임금 같은 것들을 가지고 잔소리, 잔소리, 또 잔소리를 해 대는 것이다.

귀향

9월 말, 나는 며칠 동안 고향 미들랜즈를 방문했다. 부모님이 돌아가신 그곳에 고향 집이 있는 것은 아니다. 하지만 누이들이 살고 있고, 고향이라 할 수 있는 노팅엄과 더비 사이의 탄광 지대가 있다.

내 고향 지역으로 가는 일은 언제나 마음을 우울하게 한다. 이제 마흔의 나이가 되었고, 거의 이십 년 동안 방랑 생활을 해 온 나는 이 세상 어느 곳보다 고향에서 더욱더 낯선 기분이 드는 것 같다. 난 뉴올리언스의 커낼 스트리트나 멕시코시티의 애버뉴 마데로, 혹은 시드니의 조지 스트리트, 스리랑카 캔디의 트링코말리 스트리트, 또는 로마나 파리나 뮌헨, 아니면 심지어 런던 같은 곳에서도 마음이 편하다. 그러나 베스트우드의 노팅엄가街에 오면 강렬한 향수와 무한한 혐오감을 동시에 느끼게 된다. 조금은 내 어릴 적 고향으로 돌아가고 싶은 마음이 들기도 한다. 그 당시 난 협동조합에서 내 차례를 너무나 오래

기다리는 바람에, 장바구니 한가득 식료품을 끌어안고 밖으로 나왔을 때는 내 생일 날짜보다 협동조합 회원번호인 1553A.L.을 더 잘 기억할 정도였다. 당시 협동조합 길 건너편에는 생울타리가 조금 있었는데, 나는 우리가 치즈 바른 빵이라 부르던 그 초록색 싹을 따곤 했었다. 당시 게이브스 레인에는 집들이 없었다. 그리고 퀸 거리 모퉁이에 살던 푸줏간 주인 밥은 몸집이 어마어마하고 뚱뚱한 데다 말수가 적은 사람이었다.

밥 아저씨는 벌써 오래전에 세상을 떠났고, 그곳엔 모두 새 건물이 들어섰다. 노팅엄가에 와서도 내가 어디에 있는지 잘 알 수가 없을 정도이다. 그래도 워커 거리는 별로 바뀌지 않았는데, 거기 있던 물푸레나무가 베어져 없어진 것은 내가 몸이 아프던 열여섯 살 때였기 때문이다. 집들은 아직 그 거리 한쪽에만 들어서 있고, 다른 쪽은 들판이다. 건너편 저쪽에는 여전히 원형극장처럼 움푹 파인 언덕이 보이는데, 불그스레한 새 집들이 옹기종기 들어서 있고 연기로 시커멓긴 하지만 내 눈에는 아직도 아름다운 광경이다. 서쪽 지평선에는 여전히 크라이치가 보이고, 북쪽으로는 애너슬리 숲이 있고, 코니 그레이 농장도 아직 그 앞에 보인다. 전원지대에는 아직도 어떤 신비한 매력이 남아 있다. 기이하게도 더 많은 자동차와 전차와 버스들이 도로를 미친 듯 질주하며 달릴수록, 전원지역은 더욱더 원래의 고립 속으로 숨어들어, 신비롭게도 더 가까이 갈 수 없게 되는 것 같다.

어린 시절에는 주민 모두가 훨씬 더 전원과 **더불어** 살고 있었다. 지금은 사람들이 도로를 질주하며 내달리고, 재미 삼아 폭주를 하거나 소풍을 다니지만, 전원의 진정한 모습과는 전혀 접촉하지 못하는 것 같다. 무엇보다 우선 사람들이 훨씬 더 많은 데다, 이런 온갖 새로운 발명장치들 때문일 것이다.

어쩐지 전원은 사람들로 넘쳐나면서도, 실제로는 전혀 손길이 닿지 않고 있다. 마치 아무도 갈 수 없는 먼 곳으로 물러나 앉아 잠들어 있는 듯하다. 도로는 단단하고 자갈이 깔려 있으며, 끝없는 질주로 닳아 있다. 들길은 더 넓어지고 사람들의 발길에 더 많이 밟혀 지저분해진 것 같다. 어디를 가든지 사람들이 묻혀 온 불결함이 느껴진다.

그렇지만 도로와 들길 사이에 있는 벌판과 숲은 현대 세계와 단절된 채 무겁고 피곤한 꿈속에 빠진 듯 잠들어 있다.

이번 9월의 방문은 특히 나를 우울하게 한다. 포근하고 맑은 날에 희뿌옇게 눈부시면서도 해는 나지 않는 기괴한 이런 날씨가 나한테는 미들랜즈를 특히나 무시무시한 곳처럼 보이게 하는 것이다. 내가 태어난 곳에서는 좋은 날씨로 통하는, 엷은 빛을 발하는 안개 낀 이런 날을 난 도저히 맑은 날씨라고 받아들일 수가 없다.[24] 아, 태양신 아폴로여! 그대는 분명 얼굴을 옆으로 돌리고 말았소!

하지만 이번 방문을 특히 우울하게 한 것은 아직도 진행 중인 탄광 대파업이다. 이제는 집집마다 빵과 마가린과 감자로 연명하고 있다. 탄광부들은 새벽 동이 트기 전에 일어나, 마치 기근이라도 닥친 듯 마지막 남은 전원 깊숙이 들어가 검은딸기를 찾아 돌아다닌다. 하지만 이는 검은딸기를 무게 일 파운드당 사펜스에 팔아 자기 호주머니를 채우려는 것이다.

그러나 내가 어렸을 적에는 광부가 검은딸기를 따러 다닌다는 건 정말 **체면 구기는** 일이었다. 그런 남자답지 못한 일로 품위를 떨어뜨리는 짓은 절대 하지 않았을 것이다. 작은 바구니를 들고 집에 돌아오는 꼬락서니를 보이느니 차라리 살인이라도 저지르는 편을 택했을 것이다. 어린애들이나 여자들, 아니면 어느 정도 자란 청소년이라면 몰라도, 결혼까지 한 광부 사내가 어떻게 그런 일을!

하지만 오늘날 그들의 자존심은 자기 호주머니 속에 있는 것이고, 호주머니에는 구멍이 나 있다.

전혀 다른 세상이 되었다. 도처에 경찰관이 깔려 있는데, 얼굴이 마치 양의 다리같이 생긴 데다 덩치 크고 낯선 경찰관들이다. 그들이 대체 어디서 왔는지는 신만이 알 것이다. 아마 아일랜드나 스코틀랜드에서 온 것인지 모른다. 분명 저들은 잉글랜드 사람은 아니니까 말이다. 이들은 이 지역에 수천 명이나 깔려 있다. 주민들은 그들을 '청파리' 아니면 '쉬파리'라고 부른다. 어느 주부가 길 건너편 아낙네한테 이런 소릴 한다. "근처에 어디 쉬파리 봤어?" 그러면서 아낙네들은 고개를 돌려 낯선 경찰관들을 보며 찢어지게 웃어 젖히는 것이다.

이런 일들이 내 고향에서 벌어지고 있다니! 정녕, 사람은 등잔 밑이 어두운 법이다. 내가 어릴 적에도 경사警査 하나와 경관 둘이 우리 동네를 담당하고 있었더랬다. 당시 아낙네들이 멜러 경사를 '청파리'라 부르는 일은 빅토리아 여왕을 그렇게 부르는 일처럼 생각할 수도 없는 일이었을 것이다. 그 경사는 조용하고 참을성있는 사람이었는데, 사람들의 고충을 해결해 주느라 평생을 보낸 사람이었다. 말하자면 그는 일종의 양치기이고, 광부들과 그 자녀들은 그의 양떼였던 셈이다. 아낙네들은 그분에 대해 최대의 존경심을 품고 있었다.

그러나 이제 세상 어떤 것에 대한 존경심도 품고 있지 않다는 점에서 여자들은 가장 많이 변한 것 같다. 어제 장터에서는 한바탕 소동이 있었는데, 허프턴 부인과 로울리 부인이라는 두 아낙네가 경찰을 모욕하고 업무를 방해한 혐의로 법정에서 재판을 받기 위해 붙잡혀 갔던 것이다. 경찰은 소위 낮일을 마치고 탄광에서 나오는 파업 이탈 광부들을 호위하는 중이었는데, 이런 상황에서 흔히 일어나는 소란을 두 아낙네가 일으킨 것이다. 두 사람은 점잖은 집안의 여자였다. 옛날이었다면 두 여성은 법정에 불려 나가는 걸 죽을 만큼 부끄러워했을 것이다. 그러나 지금은 전혀 아니다.

장터의 두 사람 곁에는 한 무리의 아낙네들이 붉은 깃발을 흔들고 상소리를 섞어 가며 왁자지껄 웃고 떠들고 있었다. 거기엔 우편배달부의 점잖은 아내가 보였다. 소녀였을 적에 나와 놀이동무로 지내던 여자였다. 그러나 그녀는 버스가 모습을 드러내자, 붉은 깃발을 흔들며 환성을 질러 댔다.

두 용의자는 의기양양하게 떠들며 버스에 올라탔다.

"행운을 빌게, 아줌마! 본때를 보여 주라구! 저 청파리들을 혼쭐내 줘! 말싸움에서 꿀리지 말고 요절을 내 버려! 베스트우드 만세! 쇠뿔도 단 김에 빼야 해!"

"잘 가! 잘 가, 친구들! 곧 다시 만나! 웃는 얼굴로 돌아와, 응?"

"즐거운 시간 보내! 즐거운 시간 보내라구! 달리 혼내 줄 수가 없으면, 그 자식들 뚱뚱한 엉덩이에 따끔하게 핀이라도 찔러 주라구. 잊지 않고 있을게!"

"안녕! 잘 있어! 곧 다시 만나!"

"와, 와!"

작은 시장터에서 여자들이 목이 터져라 괴성을 질러 대는 가운데 버스 바퀴는 무겁게 굴러 멀어져 갔다. 금요일 저녁이면 나의 어머니가 낡고 색 바랜 조그만 검정 보닛을 쓰고 장을 보던 바람 부는 그 작은 장터에서, 지금은 점잖은 집 여자들이 붉은 깃발을 흔들며 법정으로 가는 두 여자를 향해 목이 쉬어라 환호성을 질러 대고 있는 것이었다!

아, 맙소사! 사랑하는 어머니, 지금 당신이 이 광경을 보셨더라면 너무나 놀라서 그 작은 검정 보닛이 머리에서 나가 떨어졌을 겁니다. 어머니는 그토록 진보에 관심을 쏟으셨죠. 괜찮은 근로자와 괜찮은 임금에 말씀이에요! 어머니는 그처럼 오랜 세월 동안 아버지의 노조 회비를 내주셨죠! 당신은 협동조합에 대해 그토록 확고한 믿음을 갖고 있었지요! 당신의 부친, 그 나이 든 폭군께서 돌아가셨다는 말을 전해 들었을 때에도 당신은 여성 길드에 있었지요! 또 당신은 모든 주인 나리들, 모든 상류 계급은 궁극적으로 자비심을 갖고 있다고 그토록 철석같이 믿으셨지요. 결국 그들에게 감사해야 한다고 말이죠!

감사해야 한다고! 빵이 남아 있는 한 그걸 계속 먹을 수 있지요. 나눠 줄 빵이 다 떨어지면, 소화불량이나 나눠 주면 되겠지요. 아, 덕이 높으신 어머니! 선善의 유토피아를 믿으신 분. 그래서 당신 가족은 당신 눈에 찰 정도로 선하지 않았던 겁니다. 당신께서 응석받이로 키운 허약한 자식인 저마저도! 아, 덕이 높으신 어머니, 어머니께서 그처럼 자주 구워 주셨던 그 완벽한 선행의 빵으로 인해 우리들이 물려받게 된 소화불량을 한번 보시지요! 그 무엇도 어머니 성에 찰 만큼 선하지는 않았죠! 우리는 모두 상류계급으로 상승해야만 했죠! 위로! 위로! 더 위로!

그러다가 마침내 부츠의 갑피甲皮만 남고 바닥은 다 닳아 해져, 돌길 위를 걸으며 우리가 소리를 질러 댈 때까지 말입니다.

아, 사랑하는 어머니! 인생이 온통 비극이라도 되는 듯 절망할 필요까지는 없었는데, 당신이 그랬다는 것 자체가 비극이었습니다! 한편 천 번의 비극적 폭발을 위한 가스를 발생시킬 도덕적 사회적 소화불량에 걸린 저희 자식들은, 가벼운 방귀를 뀌며 소리쳤지요. 제발 즐겁게 지내세요, 엄마! 인생을 즐기란 말예요, 네!

그럼에도 불구하고, 우리는 모두가 '성공'했다. 이십 년도 채 안 됐지만 아득히 멀게만 느껴지는 나의 어머니 시대에는 선량함에 대한 대가는 '성공'할 거라는 것이었다. **착하게 살아라, 그러면 세상에서 성공할 것이다.**

탄광부의 코흘리개 꼬맹이 아들이었던 내가 십육세기에 지어진 육중하고 오래된 이탈리아 빌라 건물의 반을 임대해서 앉아 있노라면, 집에 있는 것처럼 편안한 기분이 든다. 이런 나는 분명히 '성공'했다고 할 수 있으리라. 십육 년 전, 첫 소설을 써서 출간을 앞두고 어머니의 임종이 임박해 있었을 때, 상당히 유명한 어느 편집인이 그녀에게 편지를 써서 나에 관해 이런 말을 했다. "마흔이 됐을 때 아드님은 자가용 마차를 타고 다닐 겁니다."

이에 대해 어머니는 한숨 섞인 투로 이렇게 답하셨다고 한다. "그래요, 그 애가 마흔까지 산다면 말이지요!"

그런데 난 이제 마흔한 살이니, 그렇게 한숨 섞인 대답을 한 어머니의 예상은 유감스럽게도 빗나가고 말았다. 내 신체는 언제나 약했지만, 생명력은 강했다. 사람들은 왜 다들 기정사실인 것처럼 내가 일찍 죽을 거라고 생각했을까? 오래 살기엔 내가 너무 착한 아이라고 생각했는지도 모른다. 흠, 그렇다면 그들은 속은 것이다!

마흔이 되었을 때 난 내 자동차조차 타고 있지 않았다. 하지만 난 저 멀리 로키산맥의 서쪽 비탈에 있는 작은 목장(내 소유이기도 하고, 또 나를 통해 나의 아내 소유이기도 한)에서 경마차(내 소유의)에 올라앉아 내 소유인 말 두 마리를 몰기는 했다. 코르덴 바지 위에다 푸른 셔츠를 입고 앉아서 난 이렇게 소리쳤다. "자, 가자 아론! 앰브로즈!" 그때 난 저스틴 해리슨[25]의 예언을 생각했다. 오, 델포스의 신탁이여! 도도나의 신탁이여![26] "자, 가자 앰브로즈!" 우당탕! 하고 마차는 바위 위를 굴러가다가, 솔잎 가시가 내 얼굴을 후려치고 말았던 것이다! 자, 이 친구가 마흔이 되어 자가용 마차를 몰고 가는 광경을 한번 보시라! 그것도 아주 엉망으로 몰아대는 것을! 브레이크를 밟아라!

이렇게 탄광부의 코흘리개 꼬맹이였던 나는 성공한 것 같다.

어린 시절, 여자들은 대부분 이렇게 말하곤 했다. "앤 참 **귀여운** 꼬마로구나!" 지금은 그런 말을 하지 않는다. 나에 관해 무슨 말을 하기라도 할지 의문이다. 나를 완전히 잊어버렸으리라.

하지만 내 누이의 '출세'는 내 경우보다 훨씬 더 확실한 것이다. 그 모습은 거의 현장에서 확인 가능하다. 내 기억 속에 맨 처음 떠오르는 집인 브리치 주택가 맨 끝 집—흉측하게 줄줄이 늘어선 광부 주택가의 끝 집이었는데, 난 그래도 우리 집이 좋았다—에서 육 마일이 채 안 되는 거리에 누이의 새 집, '사랑스런 집!'과 그녀의 정원이 있다. "엄마가 6월의 내 정원을 한번 봤더라면!"

어머니가 정말로 그걸 보신들, 뭐가 어떻게 된단 말인가. 6월에 이 미들랜즈 지방에서 피어나는 꽃들은 정말 멋지다. 북쪽의 페르세포네가 명부冥府의 신神 플루토의 탄광 깊숙이에서 슬며시 밖으로 나와서는 몇 송이 꽃을 피워내는 것 같다. 하지만 어머니가 **정말로** 죽음의 세계에서 돌아와, 꽃이 만발한 정원과 새 집 현관의 유리문들이 열려 있는 광경을 본 한들 뭐가 어떻단 말인가? 드디어 도달했구나! 드디어 완결되었도다![27] 이렇게라도 말씀하실 거란 말인가?

예수는 숨을 거두면서 이렇게 소리쳤다. 다 끝이 났다. 드디어 완결되었도다! 그러나 정말 그랬을까? 또 그랬다 한들, 뭐가 어쨌단 말인가? 도대체 무엇이 완결되었단 말인가?

마찬가지로 전쟁[28] 전 독일에 있을 때, 콧수염을 말아 올리는 장치에 관한 신문광고를 보곤 했는데, 밤사이 수염에 고정시켜

놓으면 마치 황제 빌헬름 이세의 영원히 변치 않는 콧수염처럼 (사실 이 사람한테서 영원히 변치 않는 것은 콧수염밖에 없지만) 콧수염이 말려 올라간 채로 있게 해 주는 장치였다. 이 장치의 이름이 바로 독일어로 '드디어 도달했도다!'였다. 다른 말로 하자면 '드디어 완결되었도다'였던 것이다!

그랬을까? 정말 도달했을까? 콧수염을 말아 올리는 장치로 말이지?

누이 집 정원에 찾아온 어머니의 혼령도 마찬가지이다. 거기 있을 때마다 난 어머니의 혼령이 제비꽃 위에 몸을 구부리고 있거나, 아몬드 나무를 올려다보고 있는 모습을 본다. 정말로 아몬드 나무를 말이다! 그럴 때면 난 언제나 자그마한 백발의 선량한 혼령에게 이런 질문을 한다. "자, 어머니, 그래서 어쨌단 거죠? 결론이 뭡니까?"

재촉을 해도 어머니는 대답이 없다.

"어머니, 이 집을 한번 보세요! 잔디밭에 핀 백합과 카네이션 저 건너편, 열린 문으로 보이는 타일 깔린 현관과 멕시코제 양탄자, 베네치아제 놋쇠 그릇을 보시라고요! 잘 보세요! 그리고 제가 신사가 되었는지 어떤지도 한번 보시란 말이에요! 제 모습이 거의 상류계급 같다고 어디 한 말씀해 보시죠!"

하지만 어머니의 작은 혼령은 한 말씀도 없다.

"우리가 출세했다고 어디 말해 보세요! 우리가 드디어 도달했다고 말이죠. 도달했도다, 드디어 완결되었도다라고 말해 보시란 말입니다!"

그러나 작은 혼령은 고개를 돌리고 만다. 내가 자기를 골려 주고 있다는 걸 아는 것이다. 내가 잘 아는 눈길로 날 쳐다보며 어머니는 이렇게 말하는 듯했다. "대답하면 날 비웃을 거니까 말 않겠다. 답은 너 스스로 알아보렴." 그러고는 어디론가 왔던 곳으로 슬그머니 사라져 버린다. "내 아버지 집에 거할 곳이 많도다. 그렇지 않으면 내 너희에게 일렀으리라."[29]

정원 끄트머리에 서 보면 바람에 휘청대는 어린 나무들 너머로 드러난 검정 슬레이트 지붕들은 예전과 다름없이 시커멓게 그을린 벽돌집의 두꺼운 검정 지붕널이다. 불타오르는 갱구坑口에서 나오는 유황 냄새도 옛날과 같다. 새하얀 제비꽃 위로 검댕이 날아와 떨어진다. 귀를 아프게 하는 기계 소리가 들려온다. 지옥에서 밖으로 빠져나올 수 없었던 페르세포네는 무릎에 안고 있던 봄Spring이 위쪽 채탄장을 따라 굴러 떨어지게 했던 것이리라.[30]

하지만 아니다! 자세히 보니 검댕은 없고, 불타오르는 갱구의 냄새조차 없다. 사람들이 갱구를 막아 버려서, 탄갱 작업은 쉬고 있다. 파업이 여러 달 동안 진행 중인 것이다. 지금은 9월이지만, 화단에는 장미꽃이 무수히 피어나 있다.

"오늘 오후엔 어디로 가 볼까? 하드윅[31]에나 가 볼까?"

그래, 하드윅에 가 보지. 가 본 지 이십 년이나 됐어. 하드윅으로 가자고.

하드윅 홀
벽보다 창문이 더 많은 곳

엘리자베스 일세 시절에 괄괄하고 억척스러운 쉬로즈버리 공작 부인이 지은 저택.

버털리, 알프레튼, 팁셸프 등 한때 하드윅 인근 지역이던 곳이 지금은 노팅엄-더비 탄광 지구가 되었다. 전원지역은 전과 같지만, 탄광과 탄광촌으로 온통 얼룩덜룩 상처가 난 듯한 모습을 하고 있다. 커다란 저택들이 언덕배기에서 웅장한 모습을 드러내고 있고, 오래된 마을들은 줄줄이 늘어선 광부들의 주택으로 질식된 것 같다. 볼조버 캐슬은 볼조버의 탄광촌 덩어리로부터 불쑥 솟아 있다. 어린 시절 우린 그곳을 바우저라 불렀었다.

하드윅 홀은 닫혀 있다. 고풍스러운 분위기가 고스란히 깃들어 있는 오래된 여관 가까이 있는 하드윅 홀 정문에는 이런 공고문이 붙어 있다. "추후 통지가 있을 때까지 이 공원은 일반 대중과 교통의 출입이 허락되지 않음. 입장 금지."

물론, 파업 때문인 것이다! 공공 기물 파손을 우려하는 것이다.

그럼 어디로 가나? 다시 더비셔로 돌아가거나, 아니면 셔우드 숲으로나 가지.

차를 돌려. 체스터필드를 지나서 한번 죽 가 보자. 자가용 마차를 타고 다닐 처지는 못 된다 해도, 내 누이의 자동차는 타고 다닐 수 있지.

아직 9월의 오후가 다 가지 않았다. 우리는 오래된 공원 안에 있는 연못가에서 온갖 경고문에도 불구하고 탄광부들이 느릿느릿 빈들거리며 낚시질과 밀렵을 하는 걸 본다.

그리고 차로 끝마다 서너 명의 경찰관, 무지하게 커다란 얼굴을 한 낯선 '청파리들'이 무리지어 서 있다. 들길마다, 가축이 넘지 못하게 설치한 울타리의 계단 문마다 경찰이 지키고 있는 것 같다. 들판에는 큰 탄갱, 석탄광들이 자리잡고 있다. 그리고 탄광에서 들판을 지나 밖으로 나오는 길 끄트머리 대로변에는 광부들이 길가 풀밭에 쭈그리고 앉아 말없이 주시하고 있다. 여러 달 동안의 파업으로 그들의 얼굴은 창백하니 깨끗하고 새하얗다. 탄갱의 검은색이 다 표백된 것이다. 그들은 마치 지옥의 위층에 있는 듯 말없이 냉담한 표정으로 쭈그려 앉아 있다. 그리고 낯선 경찰관들은 계단 문 근처에 무리지어 서 있다. 양측 모두 상대방을 못 본 척하고 있는 것이다.

세시가 지났다. 탄갱에서 나오는 길 위로, 내 어린 조카가 '더러운 것들'이라 부르는 남자들이 어슬렁거리며 걸어온다. 이들은 파업을 깨 버리고 작업에 복귀한 사내들이다. 숫자가 많지는 않다. 얼굴은 시커멓고, 석탄 먼지를 뒤집어쓰고 있다. 그들은 계단 문 근처에서 여남은 명쯤 되는 '더러운 것들'이 모두 다 모일 때까지 서성거리며 기다리고 있다가, 경찰관들, 즉 낯선 '청파리들'의 호위 아래 발을 질질 끌며 길을 따라 걸어간다. 그러면 '깨끗한 자들', 즉 아직 파업 중인 탄광부들은 길가에 쭈그리고 앉아 눈길을 딴 곳에 준 채 지켜보고 있는 것이다. 아무런 말도 없다. 절대 웃지도, 노려보지도 않는다. 하지만 보라, 파업 이탈자 감시대가 새하얗게 표백된 얼굴로 눈길을 딴 곳에 준 채 다 보고 있는 것이다. 그리고 길가에 줄지어 쭈그려 앉아서는 저주의 침묵에 잠겨 마음속에다 낱낱이 새겨 두고 있는 것이다.

'더러운 것들'은 마치 탄광 지붕이 아직도 자기들 머리 위에 있는 것 같은 태도로 탄광부 특유의 슬금슬금 비트적거리는 듯한 걸음걸이로 무거운 발길을 내디디며 뿔뿔이 흩어져 가고 있다. 덩치 큰 쉬파리 경찰관들이 약간 떨어져 뒤따른다. 언성을 높이는 사람은 없다. 마치 다른 사람이 가까이 있다는 걸 아무도 눈치채지 못하고 있는 듯하다. 하지만 세 집단 —깨끗한 자들, 더러운 자들, 그리고 쉬파리들— 모두의 의식 속에서는 침묵 속에 섬뜩할 정도로 낱낱이 기록되고 있는 것이다.

자 이제 체스터필드까지 줄곧 달려와 보니, 구부러진 뾰족탑이 저 아래 보인다.[32] 숫자는 정말 적어 보이지만, 작업에 복귀한 남자들은 조용히 무리 지어 비틀거리는 걸음으로 슬금슬금 대로를 따라 집으로 향하고, 경찰이 그 뒤를 따른다. 파업 이탈자 감시원들은 창백하게 표백된 얼굴로 말없이 옹기종기 무리 지어, 마치 지옥과도 같은 어떤 창백한 죽음의 숙명을 뒤집어쓴 듯한 표정으로 쭈그려 앉거나 기대거나 서 있다.

어렸을 적 광부들이 무리 지어 집으로 돌아올 때 울려 퍼지던 신발 소리와 불그스레한 입과 눈 흰자위, 물통을 흔들거리는 모양, 지하 세계에서 막 나온 남자들이 앞뒤로 주고받는 이상한 목소리들, 억세면서도 모든 것으로부터 벗어난 듯한 광부들만의 그 묘하게 쾌활한 목소리들을 기억하고 있는 나는, 오싹 전율이 일면서 마치 나 자신이 유령이 된 듯한 기분이 든다. 내 어린 시절, 광부들은 다른 어떤 사람들한테서도 들어 보지 못한 지하 세계의 억센 목소리로 왁자지껄하고 생기 팔팔했었다. 그리 오래전 일도 아니었다. 난 마흔한 살밖에 안 되었으니 말이다.

그러나 전쟁이 끝나고 1920년 이후로 탄광부들은 조용해졌다. 1920년까지는 그들의 목소리 속에 묘한 생명의 힘이 있었고, 긴박한 야생의 무언가가 들려 왔다. 일을 마치고 지상으로 올라온 오후의 그들은 언제나 활력에 차 있었다. 그리고 일하러 지하로 내려가는 아침에도 그러했다. 그들은 어둠 속에서 그 억세고도 이상스럽게 사람의 마음을 불러내는 듯한 목소리로 서로를 불렀다. 그리고 축축하고 어둑어둑한 겨울날 토요일 오후에 벌어지는 동네 축구 시합에서 운동장 바깥으로 울려 나오는, 목이 터져라 외치는 커다란 아우성 소리에는 생의 열정과 야생의 활력이 깃들어 있었다.

그러나 지금 축구 시합에 가는 광부들은 마치 유령처럼 조용한 데다, 축구장에서는 보잘것없이 귀에 거슬리는 고함 소리밖에 들려오지 않는다. 이들은 바로 나와 함께 공립초등학교를 다녔던 세대의 사내들이다. 이들은 반벙어리가 되어 버렸다. 이들은 복지회관에 가서, 일종의 절망감 속에 술을 마신다.

난 내 출신지인 에러와시 계곡 탄광부들의 얼굴을 더 이상 알아보지 못할 것만 같다. 그들은 변했고, 나 역시 변했으리라. 차라리 이탈리아에 사는 것이 훨씬 더 편안하다. 고향의 광부들에겐 온통 신문과 영화로 가득 찬 새로운 종류의 피상적 의식이 생겨났고, 나는 이를 전혀 이해할 수가 없다. 그와 동시에, 그들의 마음 한구석 깊은 곳에는 나와 마찬가지로 아픔과 중압감이 자리하고 있다는 생각이 든다. 분명 그럴 것이다. 그들을 볼 때마다 너무나 강하게 그런 느낌이 전해져 오기 때문이다.

그들은 내 마음을 뒤흔들어 놓는 유일한 사람들이고, 나의 삶은 깊은 운명의 끈으로 그들의 삶과 연결되어 있다는 느낌이 든다. 좀 특이하긴 하지만, 나에게 '고향'이란 다름 아닌 바로 그들이다. 난 그들로부터 몸을 움츠리면서도 동시에 그들에 대한 사무친 향수를 느낀다.

그런데 이 마지막 귀향에서, 고향 마을에 재앙이 덮쳤고, 남자들의 가슴 위에 절망의 그림자가 덮여 있는 것 같은 느낌이 들어 마음이 편치 못하다. 어딜 가든 똑같은 재앙이 나를 덮치고, 똑같은 절망이 내 마음에 깃들기 때문이다.

하지만 우리 운명의 여정에서 아직 가능성이 열려 있는데도 절망하는 것은 바보짓이다.

새로운 운명을 향한 돌파구를 찾기 위해서는 다시 자신의 영혼 속으로 되돌아가 찾아봐야 한다.

내적인 경험으로 나는 몇 가지를 알고 있다.

나는 온갖 집착과 타락에 맞서 싸우며 내가 그토록 애써 추구하고자 하는 것이 생生이라는 것을 알고 있다. 나 자신을 위한, 그리고 내 뒤에 올 사람들을 위한 더 많은 생 말이다.

고향 광부들은 나와 아주 비슷한 사람들이고, 나 또한 그들과 아주 비슷하다는 것을 안다. 궁극적으로 우리가 원하는 것은 같은 것이다. 나는 그들이 삶이라는 면에서 좋은 사람들임을 알고 있다.

나는 앞으로 재산을 얻기 위한 사투가 기다리고 있다는 걸 안다.

재산의 소유권이 이제는 하나의 문제, 종교적 문제가 되었다는 걸 안다. 그러나 그것은 우리가 해결할 수 있는 문제이다.

나도 몇 가지 개인적인 물건들을 소유하길 원한다는 것을 안다. 그러나 나는 또한 그런 물건들 이상은 소유하고 싶어하지 않는다는 것도 안다. 나는 집도 땅도 자동차도, 어떤 주식도 소유하고 싶지 않다. 난 큰 재산을 원하지 않으며, 확실한 수입조차 바라지 않는다.

동시에 나는 가난이나 곤궁 역시 원치 않는다. 나는 내가 자유로이 움직이기에 충분한 돈이 필요하며, 또 비굴하지 않게 그만한 돈을 벌 수 있기를 바란다는 것을 안다.

기품을 지키며 사는 대다수 사람들이 이 점에 관해서는 나와 대체로 같은 생각일 거라는 것을 안다. 또 기품 없는 사람들은 기품이 없기에 기품있는 사람들 아래에 위치해야 한다는 것을 나는 안다.

그럴 마음만 있다면, 우리가 차츰차츰 영국에 진정한 민주주의를 이룩할 수 있다는 것을 안다. **우리에게 그럴 마음만 있다면**, 토지와 산업과 교통수단을 국유화하고, 모든 체계를 지금보다 훨씬 잘 돌아가게 할 수 있다는 것을 안다. 이 모든 것은 일을 행하는 정신에 달린 문제이다.

우리는 계급 전쟁의 일보 직전에 있음을 안다.

오로지 재산의 소유권이나 비소유권을 위한 싸움밖에 되지 않을 투쟁에 들어가는 것보다는, 차라리 우리 모두가 당장 목을 매달아 자살하는 편이 더 나은 일임을 안다.

재산의 소유권은 아마 결판이 날 때까지 싸워야 할 문제라는 것을 안다. 그러나 이런 투쟁 너머에 분명 새로운 희망, 새로운 출발이 있음을 안다.

나는 삶에 대한 우리의 비전이 온통 잘못되어 있음을 안다. 우리는 **산다는 것**이 무엇을 뜻하는지에 관한 새로운 개념을 마련할 준비가 되어 있어야만 한다. 그리고 이 새로운 개념을 수립하는 일에 모든 사람이 이바지해야 하며, 모두가 우리의 낡은 개념을 조금씩 무너뜨릴 준비가 되어 있어야만 한다.

사람은 자신의 개인적 의지만으로 살 수 없다는 것을 나는 안다. 사람은 그의 영혼으로써 생의 힘의 근원을 모색해야만 한다. 우리가 원하는 것은 바로 생이다.

나는 생이 있는 곳에는 본질적 아름다움이 있음을 안다. 진정한 아름다움은 영혼을 충만하게 해 주는 것이며, 생의 징표이다. 그리고 진정한 추함은 영혼을 망치는 것이며, 병적 상태의 징표이다. 하지만 예쁘장하기만 한 것은 아름다움에 정반대되는 것이다.

다른 무엇보다 우리는 생과 그 움직임에 민감해야만 한다는 것을 나는 알고 있다. 힘이라는 것이 있다면, 그것은 이와 같이 민감한 힘일 것이다.

나는 우리가 양이 아닌, 삶의 질을 돌보아야만 한다는 것을 안다. 백치나 살아날 가망이 없는 환자나 구제 불가능한 범죄자들처럼 아무런 가망 없는 삶은 잠들게 해야만 한다. 또 출생률을 통제해야만 한다.

나는 우리가 바로 지금, 미래에 대한 책임을 떠맡아야 한다는 것을 안다. 거대한 변화가 다가오고 있고, 또 와야만 한다. 우리가 필요로 하는 것은, 이러한 변화 너머 어렴풋하나마 앞으로 있을 새로운 세상의 비전을 보여 줄 어떤 빛이다. 그렇지 않으면 우리에게는 대파멸이 있을 뿐이다.

살아 있고, 열려 있으며, 활기찬 것은 다 좋은 것이다. 타성과 무기력과 따분함을 조장하는 것은 다 나쁜 것이다. 이것이 도덕률의 핵심이다.

우리가 목표로 살아야 할 것은 바로 생이며, 생기, 상상력, 각성, 그리고 다른 존재와 맺는 접촉의 아름다움이다. 완전하게 살아 있는 것이야말로 불멸이 되는 것이다.

다른 것들에 더하여, 나는 이제까지 말한 이와 같은 것들을 안다. 그리고 이런 것들을 안다는 것은 전혀 새로울 게 없는 일이다. 유일하게 새로운 것이 있다면 이런 것들을 실천하는 일일 것이다.

평생 배운 거라곤 2×2＝4라는 사실밖에 없는 사람들에게 이런 이야기를 해 봐야 무슨 소용이 있겠는가? 요즘 시대정신에 따라 해석하자면, 이는 결국 2펜스×2펜스＝4펜스라는 뜻에 불과하다. 우리의 교육 전부가 모조리 이런 하찮은 먼지 티끌 위에 세워져 있다.

여자들은 너무 자신만만하다

내 팔자는 자신만만한 여자들 속에 살라는 것이었는가 보다. 남자가 스스로에 대해 의구심이 들기 시작하면, 원래 암탉처럼 다정하고 온화해야 할 여자는 그 대신 고집스러운 수탉처럼 자신만만해지는 모양이다. 그녀는 점점 여러 가지 신념들을 갖게 되거나, 아니면 자진해서 그런 신념을 움켜쥔다. 그렇게 되는 날에는 모두에게 재앙이 있을진저.

　나의 어머니 이야기로부터 시작해 보자. 어머니는 몇 가지 일에 대해 철석 같은 신념을 갖고 있었다. 그 중 하나는 남자는 맥주를 마시면 안 된다는 것이었다. 이 신념은 당연히 나의 아버지가 맥주를 마셨다는 사실로부터 생겨난 것이었다. 아버지는 때로 너무 많이 마시곤 했다. 아버지는 때로 어린 자식들이 딸린 가족에게 꼭 필요한 돈을 술을 퍼마시는 데 다 써 버리기도 했다. 따라서 어머니한테는 맥주를 마시는 일이 커다란 죄악이 된 것이다. 다른 그 어떤 죄도 그처럼 극악무도하지는 않았으리라. 어머니는 마치 이 극악무도한 시뻘건 죄악 앞에 선 황소와도 같았다. 아버지가 얼근히 취해서 들어오면, 어머니는 마치 주홍색을 본 황소처럼 달려들었다.

우리 사랑스런 자식들은 절대로, **절대로** 이 죄악에 빠져들어서는 안 된다고 단단히 교육받았다. 우리는 청소년 금주단禁酒團[33]에 보내졌고, 음주에 관한 온갖 끔찍한 이야기들을 들었다. 금주 서약을 하고, 절대로, 절대로 술을 손대거나 맛보지 않기로 맹세한 영웅적 청소년에 관한 일화를 듣고 엉엉 소리 내어 울었던 기억이 난다. 이야긴즉슨 잔인무도한 친구들이 억지로 맥주를 목구멍에 밀어 넣으려 하자, 소년은 이를 꽉 다물었는데, 아, 애석하게도 앞니 하나가 없었던 소년의 좁은 이 틈 사이로 맥주가 새어 들어, 목구멍 속으로 찔끔찔끔 흘러 들어가 버렸다. 그래서 상심 끝에 소년은 결국 죽고 말았다는 것이다.

어머니는 사실 유머 감각이 있는 분이긴 했지만, 우리가 이 무시무시한 일화를 들려 드리는 동안 정색을 한 채 단호한 표정이 되었다. 그리고 우리는 엄격하게 청소년 금주단에 보내졌다.

여러 해가 지나갔다. 아이들은 청년이 되었다. 우리 어머니의 아들들이 맥주잔을 따라 지옥으로 가지 않을 것은 분명했다. 우리들은 그 문제에 관해 그다지 신경도 쓰지 않았다. 어머니도 마음이 누그러졌다. 심지어 저녁식사 때 내가 저 무시무시한 원수인 에일 맥주를 한잔 하는 동안 흡족한 듯 지켜보시기까지 했다. 술잔을 "당장 내려 놔, 당장 내려 놔"라고 할 악마의 뱀이 더 이상 들어 있지 않았던 것이다.[34]

"그렇지만 어머니, 제가 맥주 좀 마시는 건 싫어하지 않으면서 왜 아버지에 대해서는 그렇게나 질색을 한 거죠?"

"넌 내가 참고 견뎌야 했던 것이 어땠는지 모른다."

"그건 저도 알아요. 하지만 어머닌 그걸 끔찍한 죄악이라도 되는 듯이 그랬지요. 어머닌 그것이 절대적으로 악한 일이라는 철석 같은 확신을 갖고 있었죠. 그런데 왜 지금은 더 이상 절대적으로 악한 일이 아니란 말입니까?"

"넌 네 아버지와는 달라…."

하지만 그때 어머니는 조금은 겸연쩍어했다. 살아가노라면 우리의 감정도 변하게 마련이다. 세월이 감에 따라 우리는 좀더 누그러지기도 하고, 더 완고해지기도 한다. 하지만 어쨌든 우리는 변하게 마련이다. 이십대 때 우릴 격분시켰던 일들이 오십대가 되어서는 조금도 격분시키지 않기도 한다. 그리고 이런 변화는 남자보다는 여자의 경우에 훨씬 더 두드러진다. 특히 나의 어머니처럼 한 가정의 도덕을 대변했던 여성들에게서 그러하다.

나의 어머니는 술에 대한 도덕적 격분으로 자신의 삶을 망치고 말았다. 확실히 어머니는 알코올이 든 것을 지독히 싫어할 이유가 있었을 것이다. 하지만 왜 거기에 도덕적 격분까지 보였을까? 그저 남에게 폐가 될 정도의 일을 아주 비극인 듯 크게 만든 것이다. 그리곤 인생의 한창때도 다 보내고 오십이 된 나이에 어머니는 그것을 깨달은 것이다. 어머니가 자신의 삶을 되찾기 위해 무슨 일인들 마다했겠는가? 어린 자식들, 술 취한 남편, 그리고 정말 자연스러운 느긋함 등 모든 것으로부터 삶의 기쁨을 만끽하기 위해서 말이다. 여자가 너무 지나치게 운명의 지배자 행세를 하게 되면, 특히 다른 사람들의 운명에 대해서 그렇게 하면 얼마나 큰 비극이 초래되는가!

한 여성이 자기 운명과 주위 사람들의 운명을 좌지우지하는 위치에 있다는 자신감을 갖게 되는 꼭 그만큼, 그녀는 틀림없이 자기 운명을 망칠 뿐 아니라 다른 사람의 운명도 엉망으로 만들어 버릴 것이다. 그러다가 불가피하게 오십이라는 나이가 찾아오듯, 자초한 곤경에 빠졌다는 깨달음이 찾아올 것이다. **그녀는 그토록 자신만만하게 굴지 말았어야 했다.**

현대 여성들이여, 오십이라는 나이를 조심하시라. 연극이 끝나고, 극장 문이 닫히고, 그대가 캄캄한 밤거리로 나오는 때가 바로 그 나이 때다. 만약 그대들이 자기 힘으로 삶을 당당하고 멋진 쇼로 만들어 왔다면, 그리고 당신 운명의 당당한 지배자로 승리만을 만끽해 왔다면, 오십을 알리는 종이 울리고 연극은 끝난다. 무대 위에서 그대 차례는 끝난 것이다. 누구나 그러하듯 이제 그대는 저 극장 밖 밤길로 나가야만 한다. 거기서 그대가 진정한 안식처를 찾을 수 있을지는 아무도 모르지만.

누구든 너무 자신만만하게 구는 건 위험한 일이다. 그러나 특히 여성한테 그것은 위험하다. 기본적으로 감정의 동물인 여성은 자기의 감정 전부를 존재의 위대한 목표라 정한 일에다 송두리째 쏟아 부을 것이다. 이십 년, 삼십 년 동안 존재의 이 위대한 목적지를 향해 돌진할 것이다. 그러다가 오십 나이가 다가오고, 속도는 느려지고, 추진력은 떨어져 멈추기 시작하는 것이다. 아, 저 위대한 목표는 코앞에 다가온 정도가 아니라 너무나 가까이 있는 것이다. 바로 코앞에 말이다. 이는 말할 수 없이 서글픈 헛고생이 아닐 수 없다.

세 자매가 있었다. 첫째는 박식해지고 나서 사회 개혁에 몸 바치고 싶었다. 그녀는 세상을 구원하는 일에 이바지할 능력이 있다는 절대적 신념을 갖고 있었다. 둘째는 자신의 삶을 살아서 자기 자신의 주인이 되겠다는 완강한 결심을 했다. "내 인생의 목표는 나 자신이 되는 거야." 그녀는 자기 자신이라는 것이 무엇이며, 또 어떻게 하면 그렇게 될 것인가에 관해 자신만만했다. 셋째의 목표는 할 수 있을 때 장미를 모으는 것이었다.[35] 그녀는 그녀의 애인들이나 재봉사들, 남편과 자식들과 함께 정말 즐거운 시절을 보냈다. 세 자매 모두 이 삶에서 누리고 싶은 것은 다 누렸다.

오십이 가까이 다가온다. 세 자매 모두 그 나이에 이른 현대 여성의 삶에 보이는 파탄 상태에 빠져 있다. 한 명은 개혁에 대해 아주 냉소적이 되었고, 또 한 명은 자기가 그토록 자신만만해하던 그 '자신'이라는 것이 존재하지도 않는다는 것을 깨닫기 시작해서, 도대체 존재하는 것이 이 세상에 있기라도 한지 의아한 생각이 든다. 셋째에게 세상은 위험하고도 더러운 곳이 되고, 이제는 몸 둘 바조차 모른다.

한 여자에게 그 무엇보다도 치명적인 것은 하나의 목표를 정하는 일이며, 그것에 대해 절대적 확신을 갖는 일이라 하겠다.

문명의 노예가 되어

사람이 아직 배우지 못한 한 가지는, 교육받은 것을 거스르는 한이 있더라도 자신의 본능적인 감정에 충실히 따르는 일이다. 문제는 우리 모두가 어릴 적에 붙잡혀 버렸다는 사실이다. 어린 소년들이 다섯 살에 학교로 보내지자마자 노예화의 작업이 시작된다. 아이는 젊은 처녀, 중간 나이의 처녀, 노처녀 등등 학교 여선생의 손에 넘겨지는데, 이들은 아이들에게 달려들어 자기네의 힘과 **올바름**과 우월함에 대한 절대적인 확신을 갖고 이 불쌍한 아이를 '형성'하기 시작한다. 청소년의 생을 형성하는 데 여선생이 가진 힘은 가히 절대적이다. 예수회 수사修士들[36]은 이렇게 말한다.

"일곱 살이 될 때까지 아이를 내 손에 맡겨 달라. 그러면 그 애의 나머지 인생에 관해서는 내가 다 대답해 주겠으니."

글쎄, 학교 여선생들은 예수회 수사만큼 똑똑하지 못하고, 자기들이 하고 있는 일에 관해서도 확실하게 알지는 못하지만,

그래도 소기의 목적을 달성한다. 그들은 어린 소년을 오늘날의 남자가 되기 위한 초기 단계까지 만들어내는 것이다.

여러분은 정말로 학교 여선생이 한 **남자**의 기초를 형성할 자격이 있다고 보시는가? 그들은 거의가 우수한 여성들로서, 최선의 동기로 가득 차 있다. 그리고 그들 모두가 이러저러한 자격시험을 통과한 사람들이다.

하지만 이들이 도대체 무엇으로 남자들을 만들 자격을 가졌다고 할 수 있단 말인가? 이들은 모두가 처녀들이다. 젊은 처녀, 중간 나이의 처녀, 아니면 노처녀들이다. 이들 중 누구도 남자에 관해서 아는 게 없다. 다시 말해, 그들은 남자에 관해서 알아서는 안 되게 **되어 있다.** 남자에 관해 알고 있다면 그것은 은밀하게 알아낸 것이다. 그들은 확실히 남성에 관해서는 아무것도 모른다. 학교 여선생, 특히 나이 든 여선생 눈에 비친 남성이란 쓸데없고 불쾌한 어떤 존재이다. 학교 여선생들이 좋게 생각하는 남성이란 대체로 다 자란 아기들이다. 이 아이들 모두가 여선생의 손을 거쳤으니, 남성들이 하나같이 똑같이 생겨먹지 않았는가?

글쎄, 그럴지도 모르겠다. 오늘날 남성들은 모두 다 자란 아기와 같지 않을까. 그렇다면 그것은 가장 연약하고 가련한 어린 나이에 여자 속치마의 절대 통치에 넘겨졌기 때문이다. 처음에는 엄마 손에, 그 다음엔 학교 여선생의 손에. 그러나 어머니는 일찌감치 여선생에게 자리를 내준다. 보통 엄마들이 초등학교 유아부의 우수한 노처녀 선생들에게 품고 있는 존경심은 놀랄 만하다. 여선생이 하는 말은 곧 복음이다. 이제는 왕도 더 이상은 신에게서 권력을 부여받은 왕이 아닌데, 여왕이나 여선생은 마치 신에게서 직접 권한을 받은 듯하다. 놀라운 일이 아닐 수 없다. 이건 물신 숭배다. 그리고 그 물신은 다름 아닌 '선善'인 것이다.

"오, 우리 여선생님은 너무도 **선량**하셔, 무척이나 **선량**하셔"라고 만족해하는 엄마가 감미로운 목소리로 말한다. "그러니, 조니, 선생님이 하시는 말씀 잘 들어야 해. 너한테 가장 좋은 게 뭔지는 선생님께서 알고 계시니까. 언제나 선생님 말씀을 잘 들어야 해!"

불쌍한 조니, 불쌍한 어린 것! 학교 첫날부터 이런 소릴 듣게 된다. "자, 우리 아가 조니. 너는 착한 어린이처럼 바로 앉아야 해. 다른 모든 착한 어린이들처럼 말이야." 아이가 그걸 참을 수 없어 하면 또 이런 소릴 듣는다. "오, 우리 아가 조니. 내가 너라면 울지 않을 거야. 다른 모든 착한 아이들을 한번 봐요, 울지 않잖아. 그렇지 아가? 착한 어린이가 되어야 해요. 그러면 선생님께서 곰 인형을 주신단다. 조니는 곰 인형을 좋아하지? 그러니 자, 울지 마라. 다른 모든 착한 아이들을 한번 보렴. 글쓰기를 배우고 있지 않니, 글쓰기를! 조니도 착한 어린이가 되어 글쓰기를 배울 거지?"

사실 조니는 그러고 싶지 않다. 마음 한구석에서는 착한 어린이가 되어 글쓰기를 배울 생각이 조금도 없다. 그러나 여선생을 당해낼 수는 없다. 여선생은 결국 조니가 가야만 하는 길로 밀어 넣어 가련한 노예로 만들고 만다. 이 과정이 한번 시작되면 일은 순조롭게 진행되어 다른 모든 착한 어린이들과 똑같은 착한 어린이가 되는 것이다. 학교란 대단히 정교한 철도 체계라서, 그 속에서 착한 어린이들이 좋은 노선을 타고 달려 열넷이나 열여섯 나이가 되면 사회생활이라는 선로로 전철轉轍하도록 배우게 된다. 그리고 그 나이쯤 되면 지금까지 달려왔던 노선에서 배운 습관은 아주 철석같이 굳어 버린다. 다 자란 착한 소년은 단지 한 노선에서 다른 노선으로 전철하는 정도가 고작이다. 그리고 철로 위를 달리는 일은 너무도 쉬운 일이다. 자기가 달리고 있는 철로에 매인 노예라는 사실은 꿈에도 모르고 있는 것이다. 착하기도 하지!

재미있는 건 아무도, 심지어는 가장 세심한 아버지조차도 학교 여선생이 절대적으로 올바르다는 데 대해 전혀 의문을 갖지 않는다는 점이다. 모두가 다 사랑스러운 조니를 위한 것이다. 그리고 이 학교 여선생들이 조니를 위해 무엇이 좋은가에 관해 절대적으로 잘 알고 있다는 것이다. 그것은 다름 아닌, 다른 모든 착한 어린이들처럼 착한 어린이가 되는 일이다.

그러나 다른 착한 어린이들처럼 착한 어린이가 된다는 것은 결국 노예가 된다는 뜻이 아니면, 적어도 로봇처럼 시키는 대로 술술 잘 움직이는 것을 의미한다. 이는 곧 사랑스러운 조니가 간직한 그만의 남성적 싹수가 보일 때마다 싹둑 잘라 조심스레 따내 버린다는 것을 뜻한다. 자라나는 소년에게서 남성의 싹이 조금 돋아날 때 그것을 잘라 버려 아이를 중성적 존재로, 착한 어린이로 만드는 것만큼 음흉하고 교활한 일은 없다. 그것은 애정을 가장하여 교묘하게 아이를 불구로 만드는 행위이다.

그런데도 엄마는 이를 절대적으로 신뢰한다. "오, 하지만 나는 그 애가 착한 어린이가 되길 **원해요!**" 엄마는 착한 어린이였던 남편이 얼마나 지겨운 인간인가를 잊어버린 모양이다. 착한 어린이들은 엄마와 학교 여선생들에게는 대단히 좋으리라. 그러나 남자로서는 맥 빠진 인간이 되고 만다.

물론 조니가 나쁜 어린이가 되길 바라는 사람은 아무도 없다. 아무런 형용사 없이 그냥 한 어린이면 족하다. 그러나 그것은 불가능하다. 교묘하고 조용한 가운데 진행되는 선행에 대한 **강제**가 가장 심한 곳은 아마도 '자유'가 최대한 보장된다는 최우수 학교들일 것이다. 모든 아이들이 조용하게, 끊임없이, 철저하게 착한 어린이가 되도록 위협받는다. 이렇게 해서 이들은 착한 어린이로 자라난다. 그렇게 되면 이제 더 이상 남자로서는 신통찮은 것이다.

착하다는 것이 도대체 무엇을 뜻하는 것일까? 결국 그것은 다른 사람들과 똑같이 된다는 뜻이고, 자신의 영혼이라 부를 수 있는 것이라고는 조금도 남지 않는다는 뜻이다. 당신은 확실히 자기 자신의 것이라 말할 수 있는 감정을 가져서는 안 된다. 당신은 착해야만 하고, 당신에게서 사람들이 바라는 대로, 즉 다른 사람들이 느끼는 감정과 같은 감정만을 느껴야만 한다. 결국 이것은 독자적인 감정은 느끼지 못한다는 뜻이고, 감정이 죽어 버린다는 뜻이다. 그리고 남은 것이라고는 조간신문에나 나오는 인위적이고 상투적인 감정뿐인 것이다.

나는 영국 남자들 중 이렇게 길들여진 첫 세대에 속한다고 본다. 나의 아버지 세대에는, 적어도 내가 자라난 광부들 사이에서는 아직 자연 그대로의 야성野性이 있었다. 그러나 당시 아버지는 어느 부인이 경영하는 초등학교 외에는 제대로 된 교육을 받아 본 적이 없었고, 학교 여교장인 미스 하이트는 아버지를 착한 어린이로 만드는 데 성공하지 못했다. 아버지가 자기 이름자나 쓸 수 있도록 만드는 데 간신히 성공했을 뿐이다. 아버지의 감정에 대해 말하자면, 어머니의 손아귀에서 빠져나갔듯 여교장의 손아귀를 여지없이 빠져나갔던 것이다. 시골은 아직 울타리 없이 열려 있었다. 아버지는 여자들로부터 달아나 또래의 패거리들과 쏘다녔다. 그리고 만년에 이르기까지 그의 인생관은 선행의 언저리를 벗어나 맥주를 마시고 이따금씩 토끼를 밀렵하는 것이었으리라.

그러나 나와 같은 세대의 소년들은 일찍부터 붙잡히고 말았다. 다섯 살이라는 그 좋은 나이에 우리는 공립초등학교나 영국학교, 국립학교로 보내졌는데, 거기서는 비록 저 착한 조니가 당한 것과 같은 일은 훨씬 적었고 곰 인형도 없었지만, 우리는 굴복하도록 강요받았다. 정해진 길을 따라가도록 강요받았던 것이다. 나는 공립초등학교를 다녔다. 실제로 학생 모두가 광부의 자식들이었다. 우리는 모두 학교를 싫어했다. 이 중 대부분은 광부가 될 터였다.

등교 첫날 심한 괴로움으로 울었던 것을 나는 지금도 잊을 수 없다. 붙잡힌 것이다. 밧줄로 동여매인 것이다. 다른 애들도 똑같은 심정이었다. 학교에서는 마치 포로로 붙잡힌 듯한 느낌이었기 때문에 모두들 학교를 싫어했다. 남자 선생님들은 마치 감옥 간수처럼 보였고, 아이들은 그들을 싫어했다. 심지어 읽기와 쓰기를 배우는 것조차 싫어했다. 아이들이 끊임없이 되뇌는 말은, "저 아래 탄갱으로 내려가기만 해 봐. 내가 얼마나 일을 잘하는지 본때를 보여 줄 테니"라는 것이었다. 이것이야말로 아이들이 기다리는 일이었다. 즉, 탄갱 아래로 내려가는 것, 탈출하는 것, 남자가 되는 것. 탄갱의 저 야성의 굴속으로 탈출하는 것, 좁디좁은 학교의 교육 노선에서 벗어나는 것.

교장 선생님은 대단히 뛰어나지만 성마른 성격에 하얀 턱수염을 기른 나이 든 분이었다. 어머니는 그분께 최대한의 존경심을 품고 계셨다. 내가 내 이름 데이비드를 인정하지 않으려고 해 교장 선생님이 갑자기 노발대발하던 일이 아직도 생각난다. 그는 미친 듯이 날뛰며 소리쳤다. "데이비드! 데이비드! 데이비드는 훌륭하고 좋은 사람의 이름이다.[37] 너는 데이비드라는 이름이 싫다고? 데이비드라는 이름이 싫단 말이지!" 그는 분노로 얼굴이 시뻘게졌다. 그러나 지금도 마찬가지지만, 나는 왠지 데이비드라는 이름이 싫었다. 교장 선생도 내가 그 이름을 좋아하게 만들지는 못했다. 그런데도 그는 억지로 그렇게 하려고 했다.

문제는 바로 이 점이었다. 데이비드는 훌륭하고 좋은 사람의 이름이니까 나는 **억지로라도** 그 이름을 좋아해야 한다는 것이다. 내 이름이 아나니아나 아합[38]이었더라면 괜찮았을 것이다. 그러나 데이비드라니! 안 될 말이다! 아버지는 운 좋게도 데이비드와 광산용 안전등 상표인 데이비Davy 간의 차이를 알지 못했다.

그러나 늙은 교장 선생은 서서히 우리를 굴복시키고 말았다.

난폭한 몽둥이질이 수시로 있었다. 그러나 정녕 목적을 달성한 것은 몽둥이질이 아니라, 정직하고 훌륭한 소년은 교장 선생이 시키는 방식으로 행동해야 한다는 끈질기고 집요한 압력이었다. 그렇게 교장 선생은 아이들을 굴복시키고 말았다. 왜냐하면 교장 선생은 자기가 옳다는 철석 같은 확신을 갖고 있었고, 모든 학부모들도 이구동성으로 교장 선생이 옳다고 생각했기에, 그는 자기가 맡은 육칠 년 동안 투박한 광부의 자식들을 아주 잘 길들일 수 있었던 것이다.

그 결과는 어떠했던가? 나중에 아이들은 탄갱 아래로 내려갔지만, 탄갱도 더 이상 예전처럼 행복한 지하의 동굴은 아니었다. 탄갱 아래서도 모든 것은 궤도에 따라, 새 궤도, 최신의 궤도에 따라 착착 진행되게끔 짜여 있었다. 그리고 남자들은 더욱더 인간 이하의 단순한 도구가 되어 버렸다. 이들은 결혼을 해서 내 어머니 세대의 여자들이 언제나 노래하던 좋은 남편들이 되었다. 그러나 이 남자들이 좋은 남편이 되자마자 여자들은 성가시고, 힘들고, 불만에 찬 아내가 되어 버리고 말았다. 왜 그런지는 자기들도 모르지만, 여인네들은 이전의 그 거친 야성이 그리워졌고, 남편에 대해 따분해하게 되었다.

미들랜즈에 마지막으로 가 본 것은 탄광 대파업 도중이었다. 갓 마흔이 넘은 내 나이 또래의 남자들이 일손을 내팽개치고 창백한 모습으로 조용히, 아무런 할 말이나 할 일도 없고, 아무런 감정도 없이 거기 서 있었고, 어디서 왔는지도 모를 대규모의 소름 끼치는 경찰들이 떼 지어 기다리며 광부들을 못 나오게 지키고 있었다. 아, 하지만 그럴 필요가 없었다. 내 세대의 남자들은 이미 길들여지고 말았다. 그들은 정해진 궤도에 머물다 거기서 녹슬어 갈 것이다. 아내나 교장 선생이나 고용주에게는 아마 잘 길들여진 남자가 대단히 좋을 것이다. 그러나 한 나라 전체, 영국에서 그것은 재앙이다.

『채털리 부인의 연인』에 관하여

『채털리 부인의 연인』[39]은 해적판이 여럿 존재하는 탓에 나는 1929년, 적어도 유럽 독자의 수요에 응하려는 바람에서 값싼 보급판을 출판하게 되었다. 프랑스에서 간행된 이 책은 육십 프랑에 독자에게 제공되었다. 미국에서 저작권을 훔친 해적 출판업자들은 확실히 재빠르고도 분주했다. 첫 원본이 피렌체에서 미국에 도착한 지 채 한 달도 안 되어 벌써 최초의 해적판이 뉴욕에서 팔리고 있었다. 그것은 원본의 복사본이었다. 사진 복제술로 제작된 뒤 믿을 만한 서적상들에 의해서까지 **마치** 최초의 원본인 양 아무런 의심도 없는 독자들에게 판매되었다. 원본 판매가가 십 달러였는데, 해적판은 보통 십오 달러 가격에 팔렸다. 그리고 그 해적판을 구입한 독자들은 이 사기극에 관해 아무것도 모른 채 좋아하고 있었다.

이 대담한 시도를 다른 이들도 따라 했다. 나는 뉴욕이나 필라델피아에서 제작된 또 다른 복사본이 있다는 말을 들었다.

그리고 나도 지저분해 보이는 해적판 한 권을 갖고 있다. 녹색 라벨에 흐릿한 오렌지색 천으로 제본되었고, 얼룩 투성이인 채 사진 촬영으로 제작되었으며, 해적질로 먹고사는 가족의 꼬마 녀석이 날조한 내 서명이 들어 있다. 내가 피렌체에서 이백 부 소량의 두번째 판을 일 기니[40]의 가격에 내놓은 것은 바로 1928년 끝 무렵으로, 위의 해적판이 뉴욕에서 런던으로 건너와 삼십 실링의 값에 독자들에게 팔리던 때다. 처음에는 한두 해 기다리다 출판하려 했지만, 저 더러운 오렌지색 해적판 때문에 서둘러 내야 했다. 하지만 출판 부수가 너무 적었고, 오렌지색 해적판은 계속해서 팔려 나갔다.

그러던 중 내 손에 대단히 음침한 모양의 해적판이 또 하나 입수되었다. 검은색 장정에 성경이나 찬송가집처럼 길쭉한 모양을 하고 있어 음침해 보였다. 이번의 해적 출판업자는 침착한 정도가 아니라 아주 진지했다. 속표지는 한 페이지가 아닌 두 페이지나 되었고, 각 페이지에는 아메리카 독수리를 나타내는 장식 무늬를 넣었다. 독수리 머리 둘레에 별 여섯 개가, 발톱에는 번득이는 번개가 그려져 있었다. 그리고 이 최신의 문학적 도적질의 위업을 찬미라도 하듯 월계수 화환이 이 그림을 한 바퀴 빙 둘러싸고 있었다. 전체적으로 볼 때 이 해적판은 음산하기 짝이 없었다. 마치 캡틴 키드[41]가 얼굴에 흙빛을 띤 채, 이제 막 눈을 가리고 뱃전의 널빤지 위를 걸으려는 포로들에게 성경을 읽어 주던 광경을 연상시켰다. 이 해적 출판업자가 왜 엉터리로 표제까지 붙여 가며 책 모양을 길쭉하게 만들어야 했는지 나는 모른다. 그 효과는 특히나 사람을 울적하게 만들고, 음침하리만큼 교양있는 티가 나는 것이었다. 물론 이 판도 사진 복제술로 제작된 것으로 서명은 빠져 있다. 그리고 나는 슬프게도 묵직한 이 판권이 서적상의 변덕에 따라, 또 구입자가 얼마나 잘 속는지 여부에 따라 십, 이십, 삼십, 사십 달러씩에 팔린다는 말을 듣고 있다.

그래서 미국에서만도 해적판이 세 종류나 되는 셈이다. 나는 원본을 복사한 네번째 해적판이 있다는 정보에 관해 다른 곳에서 말한 적이 있다. 그러나 직접 보지 못했기 때문에 믿고 싶지 않다.

하지만 파리의 어느 서적상에 의해 제작된 천오백 부의 유럽 해적판이 있는데, 거기엔 **독일에서 인쇄**라고 찍혀 있다. 독일에서 인쇄되었든 그렇지 않든 간에 원본에 있던 몇 가지 철자상의 오류가 정정된 것으로 보아 그것은 확실히 사진 복제된 것이 아니라 인쇄된 것이다. 그리고 그것은 상당히 훌륭하게 제작된 판본으로, 원본에 대단히 가깝게 베낀 것이었다. 하지만 내 서명이 빠져 있고, 뒤표지 제본에 녹색과 황색의 비단 테두리를 둘러 역시 그 본색을 스스로 드러내고 있다. 이 판본은 서적상에게 백 프랑에 공급되는데, 독자들에게는 삼백, 사백, 오백 프랑에 팔린다. 아주 파렴치한 서적상들은 이 책에 내 서명을 날조해, 내가 서명한 진본인 것처럼 책을 팔고 있다 한다. 이것이 사실이 아니길 바랄 뿐이다.

어쨌든 이 모든 일은 '장사꾼'들의 흉악함을 잘 보여 주는 증거인 듯하다. 그러나 아직까지 약간 안심이 되는 것은, 해적판은 절대로 취급하지 않는 서적상들이 있다는 점이다. 정서적으로나 사업상의 양심상 그렇게 하지 못하는 것이다. 그 밖의 다른 이들은 해적판을 취급하고는 있지만 기꺼워서 그러는 것은 아니다. 그리고 분명히 이들 모두는 **차라리** 원저자의 허가를 받은 판본을 취급하는 걸 더 바라는 편이다. 해적 출판업자들을 딱 사절할 만큼 강하지는 못해도 어느 정도 도의심이 있기는 한 모양이다.

이 해적판들 중 그 어느 것도 나의 인가를 받지 못했고, 나도 이들로부터 동전 한 푼 받은 적이 없다. 하지만 반쯤 뉘우치는 듯한 뉴욕의 서적상 한 사람이 내게 달러를 좀 보내 준 적이 있다. 그의 말에 의하면, 그 돈은 자기 가게에서 팔린 모든 책의 십 퍼센트에 해당하는 인세라는 것이었다. 그는 편지에서, "이 돈이 물통 속의 한 방울에 불과하다는 것은 저도 알고 있습니다"라고 썼다. 물론 그가 뜻하는 바는 물통 바깥으로 흘러나온 한 방울이라는 것이다. 한 방울치고는 꽤 되는 액수였으니, 해적 출판업자들이 가진 물통이 얼마나 멋지고 큼지막한 것이었는지 짐작이 가지 않는가!

그리고 뒤늦게 유럽의 해적 출판업자들로부터 제안을 받았다. 이들은 서적상들이 지나치게 뻣뻣하게 나오자, 내가 그들의 판본을 인가해 주면 과거에 팔렸거나 앞으로 팔릴 모든 책에 대한 인세를 주겠다고 제안해 왔다. "내가 선수 치지 않으면 저 작자가 나에게 해를 끼칠 건데, 이 제안을 수락 못 할 게 뭐람?" 하고 생각했지만, 그럴 즈음 자존심이 고개를 들었다. 유다가 언제나 입 맞출 준비가 되어 있었다는 말은 이해가 가는 소리다. 그러나 내가 그 자의 입맞춤에 응해야 한다는 일은 참을 수가 없지 않는가!

그래서 나는 프랑스에서 자그맣고 값싼 보급판을 출판하게 된 것이다. 이 책은 원본을 사진으로 복제한 것으로 육십 프랑에 팔렸다. 영국의 출판업자들은 심지어 아이들이 바닷가 모래사장에서 갖고 노는 양동이 같은 조그마한 물통 정도에 해당하는 큰 보수를 약속하면서, 외설적 대목을 삭제한 개정판을 하나 만들라고 자꾸 졸랐다. 그러면서 거듭 하는 말이 "온갖 '야한' 장면이나 '육담肉談'과는 거리가 먼 멋진 소설이 여기 있다는 것을 독자들에게 보여 줘야 하지 않겠느냐"는 것이다. 그래서 나는 그 말에 적지 않게 혹해서 삭제에 손을 대 보았다. 하지만 차라리 내 코를 가위로 잘라 모양을 다듬으면 다듬었지, 그것은 도저히 불가능한 일이었다! 책이 피를 흘리지 않는가.

그리고 온갖 반대를 무릅쓰고, 지금 나는 이 소설을 오늘날 우리에게 꼭 필요한 정직하고 건강한 책이라 믿으며 내놓는다. 처음의 충격적인 단어들은 조금 지나면 전혀 충격을 주지 않게 된다. 우리 마음이란 것이 습관에 의해서 타락되기 때문일까? 전혀 그렇지 않다. 단어들은 단지 눈에 충격을 줄 뿐 전혀 마음에 충격을 주지는 않기 때문이다. 마음이 없는 사람들이라면 아마 계속해서 충격을 받겠지만, 그런 사람은 문제가 안 된다. 그러나 마음을 가진 사람이라면 자기들이 결코 충격을 받지 않는다는 것을 알고 일종의 안도감을 경험한다.

이것이야말로 가장 중요한 점이다. 오늘날 우리는 한 인간으로서 우리 문화의 고유한 금기들을 훨씬 넘어서서 진화했고, 또 교양을 쌓아 왔다. 이 사실을 이해하는 일은 대단히 중요하다. 아마 중세 십자군 시대에는 단순한 단어들조차 오늘날의 우리가 이해할 수 없을 정도로 강하게 사람의 감정을 자극하는 힘이 있었을지 모른다. 소위 외설한 단어들이 불러일으키는 힘은 중세의 어슴푸레하고 흐릿하며 거친 천성에는 분명 대단히 위험천만한 것이었을 것이고, 오늘날에도 반밖에 진화하지 못한 둔중한 천성의 사람에게는 아직 너무 강한 자극일 수 있다. 그러나 진정한 문화라면 우리로 하여금 어떤 단어에 대해 마음속의 상상력으로만 반응하도록 교화해 줄 것이고, 한편으로는 사회적 품위를 손상할 정도로 거칠고 분별없는 육체적 반응으로부터 우리를 지켜 줄 것이다. 과거에는 인간의 마음이 너무 나약하거나 조야해서, 그를 압도해 오는 육체적 반응에 얽혀들지 않고 자신의 육체와 그 기능에 관해 곰곰이 생각할 수가 없었다.

그러나 이제 더 이상 그렇지 않다. 문화와 문명은 말과 행위를, 생각과 행동 또는 육체적 반응을 분리하도록 가르쳐 주었다. 이제 우리는 행동이 반드시 생각에 뒤따라오는 것이 아님을 안다. 사실 생각과 행동, 말과 행위는 각기 별개의 의식 형태이자 우리가 영위하고 있는 별개의 두 삶이다. 우리는 진정 이둘 사이의 관계를 잘 유지할 필요가 있다. 그러나 우리는 생각하고 있을 때는 행동하지 않고, 행동할 때는 생각하지 않는다. 가장 필요한 일은 생각에 따라서 행동해야 하고, 또 행동에 따라서 생각해야 한다는 것이다. 그러나 우리는 생각 중일 때 행동할 수 없고, 행동 중일 때는 또 생각할 수가 없다. 생각과 행동, 이 두 조건은 상호 배타적이다. 그러나 둘은 조화 속에 연결

되어야만 한다.

　그리고 이것이야말로 이 책의 진짜 요점이다. 나는 남자와 여자가 성性을 제대로, 온전하게, 정직하게, 그리고 깨끗하게 **생각**해 볼 수 있기를 바란다. 우리가 비록 완전히 만족스러울 만큼 성적으로 **행동**할 수는 없더라도, 적어도 생각만큼은 온전하고 깨끗하게 한번 해 보자. 아무것도 씌어지지 않은 새하얀 빈 종이 운운하는 아가씨와 처녀성에 관한 얘기들은 모두 순전히 난센스다. 젊은 처녀와 총각의 마음은 착잡하게 뒤얽혀 고통받고 있고, 오직 세월만이 풀어 줄 수 있는 온갖 성적인 감정과 생각들로 혼미하게 들끓고 있다. 몇 년에 걸친 성에 관한 솔직한 생각, 그리고 몇 년에 걸친 성행위에서의 분투가 있어야 마침내 우리는 원하는 곳에, 진정으로 성취된 순결에, 우리 존재의 완성에 도달할 수 있을 것이다. 그때는 우리의 성행위와 성에 관한 생각이 조화를 이룰 것이며, 한쪽이 다른 쪽을 방해하는 일은 없어질 것이다.

　모든 여자들이 애인을 찾아 사냥터지기를 쫓아다녀야 한다는 말은 결코 아니다. 내가 하는 말은 누구를 쫓아다녀야 한다는 뜻과는 전혀 거리가 멀다. 오늘날 상당수의 남녀는 성적인 면에서 서로 삼가고 서로 떨어져 있을 때, 그와 동시에 보다 온전하게 성을 이해하고 인식할 때 가장 행복하다는 것은 분명한 사실이다. 우리 시대는 행위보다는 인식의 시대다. 과거에는 너무나 많은 행위, 특히 성행위가 있었는데, 그것은 그에 상응하는 생각이나 인식도 없이 지칠 때까지 같은 행위를 계속 되풀이하는 것이었다. 이제 우리들이 할 일은 성을 인식하는 것이다.

오늘날 성에 관한 온전하고도 의식적인 인식은 행위 그 자체보다 훨씬 더 중요하다. 여러 세기 동안의 미혹 끝에 마음은 성에 관해 제대로 알고자 한다. 지금 육체는 사실 상당 부분 정지 상태에 있다. 오늘날에는 사람들이 성행위를 할 때 시간의 반은 난잡하게 구는 데 허비한다. 그 이유는 이런 행위가 상대방이 원하는 것이라고 생각하기 때문이다. 그러나 사실 쾌감을 느끼는 것은 마음으로, 몸은 단지 마음에 따라 도발될 뿐이다. 그 이유는 우리 조상들이 한 번이라도 생각해 보거나 인식하지 않고 열심히 성행위에만 몰두해 왔기에, 이제 그 행위가 기계적이고 단조롭고 실망스러운 것으로 흐르게 되어, 오직 정신적으로 신선하게 인식함으로써만 그 경험을 신선하게 만들 수 있기 때문이다.

마음은 실로 성을 비롯한 모든 육체적 행위를 따라잡아야 한다. 정신적으로 볼 때 우리는 우리의 성에 관한 생각에서 조야하고 다소 짐승과도 같았던 조상들에게서 물려받은 어슴푸레하고도 숨듯이 설설 기는 듯한 두려움 속에서 헤어나지 못하고 시대에 뒤처져 있다. 성과 육체라는 점에서 우리 마음은 아직 진화하지 못한 상태이다. 이제 우리는 시대를 따라잡아야 하고, 성에 관한 의식과 성행위 사이의 육체적 감각과 경험을 의식적으로 생각하는 일과 이 감각과 경험 자체 사이의 균형을 찾아야만 한다. 행위에 관한 의식과 행위 자체 사이의 균형을 맞춰야 한다. 둘 사이의 조화를 이루어내야 한다. 이는 곧 성에 대해 그에 걸맞은 경의와, 육체의 신비로운 경험에 대해 걸맞은 외경을 가짐을 뜻한다. 그것은 소위 외설스러운 언어를 사용할 수 있어야 한다는 뜻이다. 왜냐하면 그것은 육체를 의식하는 마음의 자연스러운 한 부분이기 때문이다. 진정한 외설은 오직 마음이 육체를 경멸하고 두려워할 때, 그리고 육체가 마음을 싫어하고 거기 반발할 때에만 등장한다.

바커 대령의 사례를 신문에서 읽을 때 우리는 무엇이 문제인지 알 수 있다.[42] 바커 대령은 남장을 한 여자였다. 이 '대령'은 한 여자와 결혼을 해 오 년 동안 '행복한 결혼생활'을 했다. 가련한 그 아내는 줄곧 자기가 진짜 남편과 평범하고도 행복한 결혼생활을 누리고 있다고 생각했다. 나중에 알게 된 진상은 그 가련한 부인에게 말할 수 없이 잔인한 것이었다. 이 사건은 끔찍하기 짝이 없는 일이다. 하지만 오늘날 수천을 헤아리는 여성들이 이와 비슷하게 속고 또 속고 있다. 왜? 이 여성들은 성에 관해서 무지하거니와 성적으로는 도무지 생각할 줄 모른다는 점에서 백치 수준이기 때문이다. 열일곱 된 모든 처녀들에게 이 책을 선사하는 것이 좋을 것이다.

이와 똑같은 경우가 어느 존경할 만한 교장 선생이자 성직자의 경우에도 있었다. 이 사람은 오랜 세월 동안 흠잡을 데 없이 '성스럽고 선량한' 생활을 해 오다 예순다섯이라는 나이에 어린 소녀들을 폭행한 혐의로 재판에 회부되었다. 이 사건은 노년에 이른 내무장관[43]이 성 문제에 관해 완곡하게 말을 둘러 하도록 아주 강력하게 침묵을 강요하는 상황에서 일어난 것이다. 나이 들고 누구보다 공명정대하고도 '순결한' 신사 양반이 재판에 회부된 일례를 보고서도 내무장관은 전혀 움찔하지도 않는단 말인가?

그러나 그렇지 않은 모양이다. 마음은 육체와 육체의 잠재력에 대해 오래되고 설설 기는 듯한 두려움을 갖고 있다. 이 점에서 우리가 해방하고 교화해야 할 것은 바로 **마음**이다. 마음이 육체에 대해 갖는 두려움은 아마 헤아릴 수조차 없이 많은 사람들을 미치광이로 만들었을 것이다. 스위프트Swift[44]와 같은 위대한 정신이 미치게 된 원인의 일부는 바로 여기에 소급해서 추적할 수 있다. 애인 실리아에게 바친 시에 보면 미친 듯한 후렴구가 있다. "하지만—실리아, 실리아, 실리아는 똥을 눈다!"

우리는 여기서 낭패에 처했을 때 위대한 정신이 어떻게 될 수 있는가를 보게 된다. 위대한 기지의 소유자 스위프트조차도 자기가 얼마나 우스꽝스러운지를 알 수 없었다. 물론 실리아는 똥을 눈다! 그러지 않는 사람이 어디 있는가? 그리고 그녀가 똥을 누지 **않는다면** 그것은 또 얼마나 더 심각한 일이겠는가? 참으로 구제 불능의 상황이 될 것이다. 그러면 자기 '애인'에 의해서 지극히 자연스러운 기능이 부정한 것으로 느끼도록 강요받은 가련한 실리아를 한번 생각해 보자. 끔찍한 일이 아닐 수 없다. 그리고 이는 금기어禁忌語가 있음으로 해서 생긴 일이고, 육체적 성적 의식에서 우리 마음을 충분히 발달시키지 못한 데서 온 결과이다.

성 문제에서 백치를 낳는 청교도적인 "쉬! 쉬!" 하는 태도와는 대조적으로, 오늘날에는 현대 재즈물을 먹은 젊은 여성 인텔리가 있다. 이들은 절대로 요조숙녀인 체하지 않을 뿐 아니라, 한술 더 떠 '저 하고 싶은 대로 하는' 축이다. 육체를 두려워하고 그 존재를 부인하는 데서 멀리 떠나, 이 진보한 젊은 여성들은 반대편 극단으로 치달아 성을 마치 노리개 —약간은 고약한 노리개이지만, 실망을 맛보기 전까지는 그래도 재미를 좀 볼 수 있는— 정도로 여긴다. 이 젊은이들은 성의 중요성에 대해 코웃음 치며, 그것을 마치 칵테일처럼 여김으로써 구세대를 조롱한다. 이 젊은 축들은 진보했을 뿐 아니라 우월감에 차 있다. 이들은『채털리 부인의 연인』과 같은 책을 경멸한다. 이들에게는 너무나 단순하고 평범해 보이기 때문이다. 책 속에 나오는 고약한 말들에 대해서도 개의치 않고, 사랑에 대한 태도도 이들에게는 케케묵은 것으로만 보인다. "그런 문제에 관해 도대체 왜 그렇게 난리를 치는 것일까? 그냥 칵테일 마시듯 해 버리면 그만인데" 하면서. 이들은 내 소설이 열네 살 난 소년의 정신 수준을 보여 준다고 말한다. 그러나 아직도 성 앞에서 자연스러운 외경이나 온당한 두려움을 보이는 열네 살 소년의 마음은 아마도 세상 무엇에 대한 경외심도 없을 뿐 아니라 성을 인생의 노리개 정도로밖에 여길 줄 모르고, 그 과정에서 결국 제정신을 잃고 마는 칵테일 젊은이의 정신 수준보다 더 건전한 것이리라. 정녕 헬리오가발루스[45]가 아닐 수 없다!

그러니 노년에 이르러 성적으로 추잡하게 타락할 소지가 많은 고리타분한 청교도와 "우리는 **뭐든** 할 수 있어. 어떤 일이든 마음먹기만 하면 할 수 있어"라고 말하는, 저 재즈물 먹은 세련된 젊은 층과, 그리고 추잡한 것만 찾으며 추잡한 생각으로 꽉 찬 저급하고 교양 없는 사람 틈바구니에 이 책이 비집고 들어갈 여지라고는 거의 없다. 그러나 내가 이들 모두에게 해 줄 말은 똑같은 것이다. "당신네 도착倒錯—청교도주의의 도착, 세련된 음탕의 도착, 추잡한 생각의 도착들—에 어디 마음대로 빠져들 보시라. 하지만 나는 내 책과 내 입장을 고수할 것이오. 즉, 삶은 정신과 육체가 조화를 이룰 때만 견딜 만한 것이 된다는 것을, 그리고 이 둘 사이에는 자연스러운 균형이 있다는 것을, 이 둘이 서로를 자연스럽게 존중한다는 것을."

그런데 오늘날에는 균형이나 조화가 없는 것이 분명하다. 육체는 기껏해야 정신의 도구이고, 최악일 경우 노리개다. 비즈니스맨은 항상 자기 육체를 '준비' 상태로, 즉 사업을 위하여 자기 몸을 좋은 컨디션으로 유지하는 데 힘쓴다. 또 몸 관리에 상당한 시간을 쏟는 젊은 층은 대개 자의식적인 자아도취, 나르시시즘에 빠져 그렇게 하는 것이다. 우리의 정신 속에는 도식화된 관념과 '감정'이 미리 형성돼 있고, 육체는 마치 잘 길들여진 훈련견처럼 행동하도록 되어 있다. 즉, 자기가 진정 원하는 바와는 무관하게 반사적으로 설탕을 달라고 조르고, 악수하자는 사람의 손을 정말로는 덥석 물어 버리고 싶은데도 발을 내밀도록 훈련받은 개와 같다. 오늘날 남자와 여자의 육체는 이러한 훈련견에 지나지 않는다.

그리고 자유롭게 해방되었다는 젊은이들만큼 이런 사실이 더 들어맞는 경우는 없다. 무엇보다 그들의 육체는 훈련된 개의 육체나 다름없다. 이 훈련된 개는 예전의 개라면 결코 하지 않았을 일들을 하도록 길들여져 있다는 이유로 스스로를 자유로운 존재라 생각하고, 자기네 삶만이 가식 없는 진솔한 것이라 자부한다.

하지만 이들은, 비즈니스맨 자신이 어딘가 매우 잘못되어 있다는 걸 알고 있는 것과 마찬가지로 이러한 자부심이 허위임을 스스로 잘 알고 있다. 정녕 남자와 여자는 개가 아니다. 단지 그렇게 보이고 그렇게 행동할 뿐이다. 마음 한구석 어딘가에는 대단한 원통함과 마음을 좀먹는 불만이 숨어 있는 것이다. 자연발생적이고도 자연스러운 상태에 있어야 할 육체는 죽었거나 마비되어 있다. 단지 서커스 개로서의 부차적 삶만이 남아 요란하게 굴며 으스대다가 결국 무너져 가는 것이다.

그렇다면 육체는 과연 어떤 삶을 살 수 있을까. 육체의 삶은 감각과 정서의 삶이다. 육체는 진정한 배고픔을 느끼고, 진정한 갈증을 느끼고, 태양이나 눈을 보고 진정한 환희를 느끼고, 장미 냄새나 라일락 덤불 냄새를 맡고 진정한 기쁨을 느끼고, 진정한 분노와 슬픔을, 진정한 사랑과 다정함을, 진정한 온정과 정열을, 진정한 증오와 슬픔을 느낀다. 모든 정서들은 육체에 속하고, 마음이 하는 일은 그것들을 인식하는 일뿐이다. 대단히 슬픈 뉴스를 접한 그 순간에는 단지 정신적인 동요만 느끼다가, 몇 시간이나 흐른 후 꿈속에서, 그 슬픈 소식에 대한 자각이 육체의 중추 속으로 뚫고 들어간 후에서야 진정한 비탄이 가슴을 쥐어뜯는 수도 있다.

정신이 느끼는 감정과 진정한 감정은 얼마나 다른 것인가. 오늘날 겉으로 보기에는 '정서적으로 풍요로운 삶'을 살고 있고 아주 강한 정서를 가진 듯하더라도, 실제로는 진정한 감정을 전혀 겪어 보지 못한 채 살다 죽는 사람이 매우 많다. 그러나 이렇게 정신으로 느끼는 감정은 모두 사이비다. 마술에서 말하는 소위 '신비' 사진을 보면 평면으로 된 테이블 거울 앞에 서 있는 남자가 보인다. 그런데 이 거울은 허리에서부터 머리까지 남자 모습을 비추고 있어, 우리는 이 남자를 머리에서부터 허리까지, 그 다음엔 또 허리에서 머리까지 밑으로 다시 반사된 모습을 볼 수가 있다. 마술에서 의도하는 바가 무엇이든지, 이는 오늘날 우리의 모습을 비춰 주는 거울이다. 즉 활달한 정서적 자아는 진정한 존재를 상실한 채 다만 정신으로부터 아래를 향해 반사된 모습만 보이는 것이다. 우리의 교육은 처음부터 일정한 범위의 정서를 우리에게 **가르쳤다.** 즉 무엇을 느끼고 무엇을 느끼지 않을 것인지, 그리고 우리가 스스로에게 느끼게끔 허용하는 감정들은 또 어떤 식으로 느낄 것인지 하는 것을 주입한 것이다. 그 나머지는 존재하지 않는 것으로 치부된다. 새로 나온 어떤 좋은 책에 관한 속된 비평은, "물론 아무도 그런 식으로 느끼지는 않았다!"라는 것이다. 사람들은 스스로 일정하게 제한된 숫자의 감정만을 느끼도록 허용하고 있다. 지난 빅토리아 시대에도 그러했다. 이렇게 스스로에게 허용하는 감정만으로 살면 결국 무언가를 느낄 능력이 모두 죽게 될 것이고, 보다 차원 높은 정서에 대한 능력은 완전히 사라질 것이다. 이것이 우리 시대의 일반적 상태가 되었다. 엄격히 말해, 보다 차원 높은 정서는 이미 죽었다. 겉으로만 그런 정서를 느끼는 체할 뿐이다.

보다 차원 높은 정서라면, 진정한 욕망에서부터 부드러운 사랑이나 동료에 대한 사랑, 신에 대한 사랑 등 온갖 모습으로 표현되는 사랑을 뜻한다. 즉 사랑, 즐거움, 환희, 희망, 진정으로 불타는 분노, 정의와 부정에 대한, 진실과 허위에 대한, 명예와

불명예에 대한 열정, 그리고 그것이 무엇이든지 어떤 것에 대한 진정한 신앙 등을 뜻한다. 여기서 신앙이란 정신이 받아들이는 심오한 정서를 말한다. 이 모든 것들이 오늘날에는 거의 죽어 버렸다. 그 대신 우리에게는 모든 정서를 소리만 요란하게 감상적으로 위조한 것만 남아 있다.

우리 시대만큼 감상적이면서도 거짓되고 과장된 감정만 요란한 시대는 없었다. 감상과 사이비 감정이 일종의 게임이 되어 모든 사람이 이웃을 능가하려고 애쓰고 있다. 라디오와 영화는 그저 언제나 사이비 정서일 뿐이고, 통속적 언론과 문학도 마찬가지다. 사람들은 사이비 감정에 파묻혀 그 속에서 살아간다. 그들에게서 나오는 것은 거짓된 감정뿐이다.

때때로 사람들은 이 모든 사이비와 아주 잘 지내는 것 같기도 하지만 결국에는 서서히 분해되어 산산조각이 나고 만다. 우리는 자신의 감정에 관해 꽤 오랫동안 스스로를 속일 수 있을지 모르지만, 영원히 그럴 수는 없는 일이다. 마지막엔 육체가 아주 가차 없는 반격을 가해 온다.

다른 사람들에 대해서도, 거짓된 감정으로 많은 사람들을 속일 수 있겠지만 모든 사람들을 항상 속일 수는 없다. 어느 젊은 남녀가 사이비 사랑에 빠져 자신과 상대방을 감쪽같이 속인다 치자. 그러나 사이비 사랑은 과자로는 맛이 있겠지만, 양식으로 쓸 빵으로는 형편없는 것이라서 심한 정서적 소화불량을 일으킨다. 그렇게 되면 현대적인 결혼 후에 더욱 현대적인 이혼이 있게 되는 것이다.

사이비 정서의 문제는 진정으로 행복한 사람, 진정으로 만족한 사람이나 마음의 평화를 얻는 사람이 아무도 없다는 점이다. 모든 사람이 늘 사이비 정서로부터 서둘러 달아나려고 하지만, 실은 이런 사람들에게 사이비 정서가 가장 심한 것이다. 이들은 피터의 거짓 감정으로부터 에이드리언의 거짓 감정으로 달아나고, 마가렛의 거짓 감정으로부터 버지니아의 거짓 감정으로 달아나고, 영화에서 라디오로, 이스트본에서 브라이튼[46]으로 달아나는 것이다. 그런데 더 많이 바꾸면 바꿀수록 상황은 점점 더 똑같아질 뿐이다.

오늘날에는 그 무엇보다도 사랑이라는 것이 사이비다. 다른 무엇보다 젊은이들의 사랑은 가장 큰 기만이다. 당신이 그것을 진지하게 받아들인다면 말이다. 그냥 가볍게 받아들인다면, 재미 삼아 하는 사랑은 그런대로 괜찮다. 그러나 그것을 진지하게 생각하기 시작할 경우에는 와르르 무너지는 소리와 함께 큰 실망을 겪을 것이다.

사랑할 만한 **진짜** 남자가 없다고 젊은 여자들은 말한다. 그리고 사랑에 빠질 만한 **진짜** 여자가 없다고 젊은 남자는 말한다. 그래서 이들 남녀는 실재하지도 않는 상대와 계속해서 사랑에 빠진다. 다시 말해, 진실한 감정이 없다면 사이비 감정이라도 있어야 한다는 뜻이다. 사랑에 빠지려면 어떤 감정이건 **있어야만** 하니까. 아직도 젊은 사람 중에는 진실한 감정을 갖기 **원하는** 이들이 있다. 그런데 이들은 왜 그럴 수 없는지 알지 못해 매우 곤혹스러워 한다. 특히 사랑 문제에서.

그러나 오늘날, 특히 사랑 문제에서는 사이비 감정만이 존재한다. 우리 모두는 감정 문제에 관해서 부모 아래로든 위로든 모든 사람을 불신하도록 배워 왔다. 진실한 감정—그런 것이 있다면—으로는 **아무도** 신뢰해서는 안 된다는 것이 오늘의 구호이다. 돈으로써 누구를 신뢰하면 모를까, 당신의 진실한 감정으로 그래서는 **절대 안 된다.** 그 사람들은 머지않아 당신의 감정을 짓밟고야 말 것이니.

피상적이나마 사회적인 면에서는 꽤나 신뢰의 시대라 할 수 있는 이 시대보다 사람 사이의 불신이 더 큰 시대는 일찍이 없었다고 나는 믿는다. 내 친구 중 내 지갑을 슬쩍하거나 앉으라고 해 놓고 뒤로 벌렁 나자빠지게 의자를 빼 버릴 이는 별로 없다. 그러나 나의 진솔한 감정에 관해 말하려 하면, 사실상 내 친구 전부가 그것을 조롱에 부칠 것이다. 그들도 어쩔 수 없는 일이다. 이 시대의 정신이 그러하다. 사랑이나 우정에 관해서도 마찬가지다. 이런 감정은 근본적인 정서적 공감을 의미하기 때문이다. 그렇기 때문에 남는 것이라고는 사이비 사랑뿐이고, 거기서 벗어날 길은 없다.

그리고 사이비 정서로는 결코 진정한 성性이 있을 수 없다. 유일하게 속일 수 없는 어떤 것이 바로 성이다. 또한 성은 그것을 둘러싸고 최악의 감정상의 속임수가 벌어지는 것이기도 하다. 일단 성 문제에 귀착되면 감정상의 속임수는 접어 두어야 할 텐데도 성에 대한 모든 접근 과정에서 감정상의 속임수는 점점 더 강해지기만 한다. 그러다가 결국 성 문제의 핵심에 이르게 되면 좌절하게 된다.

성은 사이비 정서를 용서하지 않을 뿐 아니라 거짓 사랑에 대해 무자비하기 짝이 없다. 서로를 사랑해 본 적이 없으면서도 사랑하는 체했거나 진짜 서로 사랑한다고 상상해 온 사람들 사이에 볼 수 있는 저 독특한 증오는 우리 시대의 현상 중 하나다. 물론 이러한 현상은 어느 시대에나 있었다. 그러나 오늘날 그것은 거의 보편적이 되었다. 서로를 끔찍이 사랑한다고 생각하면서 여러 해 동안을 이상적인 결합이라 여기며 지내 온 사람들을 보라. 갑자기 그 무엇보다 깊고도 선명한 증오가 드러나는 것을. 비교적 젊을 때 나타나지 않으면, 행복한 이 커플의 성생활에 커다란 변화의 시기인 오십 줄이 되었을 때 증오가 폭발해, 결국엔 파국이 찾아오는 것이다!

이보다 더 놀라운 일은 없다. 우리 시대에 남자와 여자가 한때 서로 '사랑'했다고 하면서도 상대방에 대해서 품고 있는 이토록 심한 증오심보다 더 사람을 아연실색케 하는 것은 없다. 증오심은 너무도 터무니없이 폭발한다. 개인적으로 사람들을 잘 알고 보면, 이런 현상이 거의 보편적임을 알게 된다. 가정 주부나 파출부, 경찰 부인, 공작 부인도 마찬가지인 것이다.

이런 현상은 하나같이 사이비 사랑에 대해 생명체가 갖는 반감이라는 것을 세상 남녀들이 모른다면 비참한 일이 아닐 수 없다. 오늘날에는 모든 사랑이 사이비다. 판에 박힌 일이다. 젊은이라면 사랑을 어떻게 느껴야 하고, 어떻게 처신해야 하는지 다 알고 있어서 그러한 식으로 느끼고 처신한다. 그러나 그것은 사이비 사랑이기에, 복수는 몇 배가 되어 그들에게 돌아오게 된다. 남녀 모두에게 성이라는 살아 있는 생명은, 일정 정도의 사이비 사랑의 속임수가 행해지면 치명적이고도 절망적인 분노를 축적하게 된다. 사랑에서 사이비의 요소는 마침내 그

개인의 가장 깊은 곳에 있는 성을 미치게 하거나 죽이고 만다. 그러나 그것이 죽음을 가져오기에 앞서 항상 성을 격분케 한다고 하는 편이 더 적절한 말일 것 같다. 언제나 분노의 때가 찾아온다. 그리고 묘한 것은 사이비 사랑 게임에서 최대의 가해자야말로 가장 큰 분노에 빠져든다는 점이다. 자기 사랑에 조금이라도 진지했던 사람은 비록 심하게 기만당했을지언정 언제나 보다 온건하다.

진짜 비극은 우리들 중 그 누구도 **전적으로** 사이비이거나, **전적으로** 진정한 사랑만인 사람은 없다는 점이다. 대부분의 결혼 생활에서 —사이비 결혼조차도— 두 사람 사이 어딘가에는 작으나마 진실된 불꽃이 깜박이고 있는 것이다. 사이비에 특히 민감한 시대의 감정 문제, 그 중에서도 성적인 감정 문제에서 대용품이나 속임수에 의심을 많이 품고 있는 이 시대의 비극은, 사이비 요소에 대한 분노와 불신이 두 사람을 행복하게 해 줄 수 있었을 진정한 사랑의 교유交遊의 작지만 참된 불꽃을 압도하거나 꺼 버릴 수도 있다는 것이다. 가장 '진보적인' 작가들이 그렇듯이, 오직 사이비인 데다 기만적인 감정을 되뇌는 데 따르는 위험은 여기에 있다. 물론 그들은 감상적이고도 달콤한 사랑 타령을 늘어놓는 '인기' 작가들의 더 큰 속임수를 상쇄한다는 명분을 내세우지만, 결국은 그것을 되풀이할 따름이다.

자, 이제 성에 관한 내 감정을 어느 정도 밝혀 둔 듯하다. 그런데 바로 이로 인해 나는 너무나 천편일률적으로 매도당해 왔다. 전에 어느 '진지한' 청년이 "나는 성에 의해 영국이 갱생될 수 있다는 걸 믿을 수가 없군요"라고 말했는데, 나는 단지 "자네는 분명 그렇겠지"라고밖에 할 말이 없었다. 그에게는 어차피 성이라는 것이 전혀 없었다. 그는 가난하고 자의식에 가득 차 불안해하는, 자아도취적인 수도사와 같았다. 그리고 그는 성을 갖는다는 것이 무엇을 뜻하는지도 모르고 있었다. 그에게 사람이란 오직 정신을 갖고 있거나 갖고 있지 않은 —대개는 갖고 있지 않지만— 존재들로, 그저 조롱거리로만 존재하는 것이고, 이 청년은 자기의 에고에 꼭꼭 틀어박힌 채 조롱거리나, 아니면 진실을 찾는답시고 이리저리 별 소득 없이 그냥 떠돌아다니는 형편이었다.

이와 같이 똑똑한 젊은이들이 성에 관해서 내게 말을 걸거나 조소를 보내면 나는 입을 다문다. 할 말이 없는 것이다. 하지만 심히 피곤한 일이다. 이들에게 성이란 분명히, 그리고 단순히 여자 속옷을 의미하고, 거기를 손으로 더듬는 것을 의미할 뿐이다. 이들은 「안나 까레니나」[47]나 그 밖의 온갖 연애 문학을 읽고, 아프로디테 조각이나 그림 등 온갖 멋진 것들을 다 구경했다. 그러나 바로 오늘의 실제 상황을 말하자면, 사람들에게 성이란 값비싼 속옷을 걸친 무의미한 젊은 여자를 뜻하게 되는 것이다. 옥스퍼드 출신의 청년이나 노동자 계급의 청년이나 마찬가지다. 어느 인기 있는 여름 휴양지에서 도시 숙녀들이 산골의 젊은 '댄스 파트너'와 한철 동안 사귄다는 식의 이야기는 아주 전형적이다. 여름 방문객들도 거의 다 돌아간 9월 말, 젊은 산골 농부인 존은 런던에서 온 그의 '숙녀'에게 작별 인사를 고하고 혼자서 거닐고 있었다. "이봐, 존! 숙녀분이 그리운 모양이로군?" "아니!"라고 그는 대답했다. "다만 그 여자는 너무도 멋진 속옷을 입고 있었단 말이야."

이들에게 성의 의미는 이것이 전부다. 단지 장식품. 이걸로 영국의 갱생을 바란다고? 아, 하느님! 가련한 영국은 젊은이들이 영국을 갱생하기 전에 그들의 성부터 먼저 갱생해야 한다. 갱생을 필요로 하는 것은 영국이 아니라 젊은이들이다.

사람들은 내 소설이 상스럽다고 비난한다. 내가 영국을 야만적인 수준으로 끌어내리고자 한다는 것이다. 그러나 내가 보기에 진정으로 상스럽고 야만적인 것은 바로 이와 같이 성에 관한 조잡하기 짝이 없는 우둔함과 무감각이다. 여자의 속옷이 그 여자의 가장 매력적인 부분이라 여기는 남자는 야만인이다. 야만인들이나 그렇다. 우리는 남자를 흥분시키기 위해서 오버코트를 세 벌이나 껴입은 여자 야만인에 관한 얘기를 읽은 적이 있다. 이건 실화다. 성에서 단지 기능적인 행위나 옷을 더듬는 것밖에 못 보는 지독한 조잡함은, 내 견해로는 저급하기 짝이 없는 상스러움이자 야만성이다. 그리고 성에 관한 한 우리 백인 문명은 조잡하고 상스럽고 추하기 짝이 없을 만큼 야만적이다. 특히 영국과 미국이 그러하다.

그 증거로 우리 문명을 대표할 만한 사람인 버나드 쇼G. Bernard Shaw[48]를 한번 보라. 그는 옷으로 몸을 감싼 여성이나 오늘날 팔을 드러내고 다리까지 드러낸 우리 자매에 관해 말하면서, 옷은 성을 자극하고 옷 없는 알몸은 성을 죽이는 경향이 있다고 한다. 그러고는 여성들을 옷으로 뒤덮으려는 교황에게 조소를 보낸다. 즉, 유럽 최고위 성직자는 성에 관해 무지하기 짝이 없는 사람이라는 것이다. 그리고 "유럽에서 성에 관해 알고 있는 유일한 사람은 다름 아닌 최고의 '창녀'일 것이다"라고 말한다.

여기서 우리는 이 시대 주요 사상가들의 경박함과 천박함을 본다. 오늘날 반쯤 벌거벗은 여자는 옷으로 몸을 감싼 남자들에게 별로 성적 감정을 불러일으키지 않는다. 남자들도 여자들에게 별로 성적 감정을 불러일으키지 않는다. 왜 그런 것일까? 왜 오늘날의 나체 여인은 버나드 쇼의 옷으로 몸을 감싼 1880년대의 여성보다 성적 감정을 훨씬 덜 불러일으키는 것일까? 이것을 단지 옷으로 감쌌는가 아닌가의 문제로 돌린다는 것은 한심한 일이 아닐 수 없다.

그녀 자신은 이해가 안 되겠지만, 한 여자의 성이 생기발랄하게 살아 있을 때에는 그 자체로 하나의 힘이 되어 독특한 매력을 발함으로써 남자들을 말할 수 없는 욕망의 열락悅樂 속으로 매혹한다. 이런 여성은 최대한 스스로를 보호하고 몸을 감추어야만 하는데, 실제로 수줍음이나 정숙함 속에 숨는다. 이는 그녀의 성 자체가 강력한 힘이 되어 그녀를 남성들의 욕망 앞에 노출시키기 때문이다. 오늘날 여성들이 흔히 그러하듯, 생생하게 살아 있고 긍정적인 성을 간직하고 있는 여성이 벌거벗은 몸을 노출하기라도 하면 남자들은 미쳐 버릴 것이다. 다윗이 밧세바에 미쳐 버렸듯이.[49]

그러나 한 여자의 성이 생기발랄한 매력을 잃고 어떤 의미에서 죽어 정지해 버렸을 경우, 그 여성은 의식적으로 남자들의 시선을 끌기를 **원한다.** 이제 더는 남자에게 매력을 줄 수 없음을 알고 있기 때문이다. 그래서 한때 무의식적이고 환희로웠던 모든 행위가 이제는 의식적인 것이 되고 혐오감을 주게 되는 것이다. 여성은 자기 몸을 점점 더 노출하게 되는데, 노출하면 할수록 남자들은 그녀의 성에 혐오감을 갖게 된다. 그러나 남자들이란 성적으로는 혐오감을 느끼면서도 동시에 **사회적으로는** 흥분한다는 사실을 잊어서 안 된다. 오늘날 이 둘은 정반대다. 사회적으로, 남자들은 거리에서 반쯤 벌거벗고 다니는 여자의 제스처를 좋아한다. 그것은 **멋**이고 반항과 독립의 선언이며, 현대적이고 자유로우며 인기가 있다. 그 이유는 성과는 완전히 무관하거나 성에 적대시되기 때문이다. 오늘날 진정한 욕망을 경험해 보길 **원하는** 남녀는 없다. 사이비, 정신적 대용품만을 찾는다.

그러나 우리의 마음 상태는 아주 뒤죽박죽이고, 때로는 아주 잡다하고 상반된 욕망들로 들끓는다. 여성들을 대담한 노출과 동시에 성적 매력의 상실로 향하게 한 바로 그 남자들이, 여자에게 성이 없다고 가장 심하게 불평한다. 여자들의 경우도 마찬가지다. 사회적으로 세련되고 성적 매력이 없는 남성들을 그렇게 흠모하던 여자들이, 이제 와서 '남자'가 아니라는 이유로 이 남성들을 지독하게 미워하는 것이다. 오늘날 여러 사람들과 함께 **집단으로** 있을 때나 사회적으로는 모두가 사이비 성을 원한다. 그러나 어쩌다가 혼자 곰곰이 숙고하게 되는 개인은 모두 사이비 성을 죽도록 싫어하는데, 그러한 사이비를 가장 많이 유포한 사람일수록 다른 사람의 사이비 성에 대해 가장 격렬한 증오심을 품는 듯하다.

오늘날의 아가씨들은 눈 위까지 옷을 뒤집어쓰고, 스커트를 부풀게 하는 크리놀린crinolines이나 뒷머리에 땋아 붙이는 시뇽 chignons 같은 온갖 것들로 치장한다. 이들은 반쯤 벌거벗은 여자들만큼 남자들의 마음을 싸늘하게 하지는 않지만, 진정한 성적 매력을 행사하지도 못한다. 옷으로 감싸서 가릴 만한 성이 없으니, 감싸 보았자 소용이 없다. 남자는 어쩌다가 한 번 정도는 옷으로 덮어 감싼 공허함에 대해서조차 기꺼이 속아 줄 용의가 있는데도 말이다.

중요한 점은, 여자의 성이 생생하게 살아 있어서 자기 의지와 무관하게 주체할 수 없을 만큼 매력적일 때는 언제나 옷으로 우아하게 몸을 감싸서 가린다는 사실이다. 스커트 뒷자락을 터무니없이 부풀리는 1880년대식의 허리받이 같은 것들은 다가올 성 상실 시대의 전조였다.

성 자체가 하나의 권력일 때, 여자들은 남자를 끌기 위해 온갖 종류의 치장을 하고, 남자들은 허세를 부린다. 교회에 오는 여자들은 몸을 가려야 한다고 교황이 주장할 때, 그가 반대하는 것은 성이 아니라 성적 매력이 없는 여성이 천박하게 쓰는 속임수이다. "거리나 교회에서 여자들이 벌거벗은 몸뚱이를 과시하는 일은 남자나 여자 모두에게 대단히 고약하고 '거룩하지 못한' 마음 상태를 일으킨다"고 교황과 성직자들은 결론지었다. 그리고 이 결론은 옳다. 그러나 그것은 노출이 성적 욕망을 불러일으키기 때문은 아니다. 그런 경우는 매우 드물다. 버나드 쇼도 그 점을 알고 있다. 하지만 벌거벗은 여성의 육체가 아무런 욕망도 불러일으키지 않는다면 뭔가 대단히 잘못된 것이다. 뭔가 슬프게 할 만큼 잘못된 것이다. 오늘날 여자들의 벌거숭이 팔은 경박한 감정을 불러와서, 교회에 조금이라도 경의를 갖고 있는 사람이면 그러한 감정으로 교회 문을 들어서지는 않을 냉소와 천박함을 불러일으키기 때문이다. 전통적으로 이탈리아 교회에서 여성이 벌거숭이 팔을 드러내는 일은 실로 불경의 표시였다.

특히 남유럽의 가톨릭교회는, 북방 교회처럼 특별히 성에 반대하거나 버나드 쇼 같은 사회 사상가들처럼 비성적非性的이지 않다. 남유럽의 가톨릭교회는 성을 인정하고, 결혼을 생식生殖의 목적을 위한 성적 교섭에 바탕한 하나의 성사聖事로 간주한다. 그러나 남방에서의 생식은 북방과 달리, 노골적이고 과학적인 사실이나 행위가 아니다. 아직도 생식의 행위는 온갖 관능의 신비와 오랜 과거로부터 내려온 의미를 간직하고 있다. 남자는 잠재적 창조자이고, 이 점에서 그의 당당함을 간직하고 있다. 이 모든 것들이 북방 교회와 버나드 쇼 식의 하찮은 논리에 의해 제거된 것이다.

그러나 북방에서 사라져 버린 것들을 남방 가톨릭교회는 유지하려고 해 왔다. 그것은 성이 생에서 기본적인 중요성을 가진다는 것을 알고 있기 때문이다. 아버지로서 남편으로서 잠재적 창조자이자 입법자가 된다는 의식은 전체적으로 충족된 삶을 살고자 하는 남자의 일상생활에서 필수 불가결한 것이리라. 결혼의 영원함을 인식하는 일은 남녀 모두의 내면적 평화를 위해 꼭 필요하다. 그것이 비록 최종적 운명이라는 느낌을 수반한다 하더라도 그러하다. 가톨릭교회는, 천국에는 결혼도 없고 결혼 공표도 없음을 사람들에게 상기시키는 데 시간을 들이지 않는다. 교회는 주장한다. 한 번 결혼하면 영원히 결혼하는 것이다! 그리고 사람들은 이 선언을, 운명을, 그리고 그 존엄성을 받아들인다. 성직자에게 성은 결혼의 실마리이고, 결혼은 민중들의 일상생활의 실마리이며, 교회는 보다 큰 삶의 실마리이다.

따라서 가톨릭교회에서는 성적 유혹 자체가 지옥에 떨어질 죄는 아니다. 이보다 훨씬 더한 죄는 벌거숭이 팔과 경박함과 '자유'와 냉소와 불경으로써 성에 반대하며 도전하는 소행이다. 교회에서는 성이 음란한 것으로 또는 신성 모독으로 간주될 수는 있어도 결코 냉소적이거나 무신론적인 것으로 여겨지지는 않는다. 어떻게 보면 오늘날 벌거숭이 팔을 한 여자가 오히려 냉소적이고 무신론적이며, 위험할 정도로 천박한 형태의 무신론인 것이다. 자연히 교회는 그러한 것에 반대한다. 어쨌든 성에 관해서는 '유럽의 최고 성직자'가 버나드 쇼보다 더 잘 알고 있다. 인간의 본성에 관해 더 잘 알고 있기 때문이다. 교황은 천 년의 경험이 있다. 극작가 버나드 쇼는 이제 갓 등장한 존재로서, 현대 대중의 사이비 성을 갖고 장난하는 데 지나지 않는다. 물론 그는 싸구려 영화가 그러하듯, 그런 장난질로 관객을 끌어모을 수 있을 것이다. 그러나 그는 분명 자기로서는 상상도 못할, 진정한 인간의 깊은 성의 신비에 대해서는 손도 대지 **못할 것**이다.

그리고 버나드 쇼는 자신에 필적하는 사람으로서 유럽의 최고 성직자가 아니라 '유럽의 최고 창녀'에게 성에 관한 상담을 구해야 할 것이라고 한다. 이런 비유는 타당하다. '유럽의 최고 창녀'는 정녕 버나드 쇼만큼 성에 관해 알고 있을 것이다. 즉, 별로 아는 것이 없다는 말이다. 버나드 쇼와 마찬가지로 '유럽의 최고 창녀'는 남자의 사이비 성에 관해서나 속임수로 행해지는 겉치레에 관해서는 많이 알고 있을 것이다. 그리고 버나드 쇼처럼 창녀는 계절과 세월의 리듬이 있고, 동지冬至의 위기와 부활절의 정열을 가진 한 남자의 진정한 성에 관해서는 아는 것이 없을 것이다. 이런 것에 관해서 '최고 창녀'는 전혀 무지할 것이다. 왜냐하면 창녀가 되기 위해 그녀는 이런 것을 상실해야만 했을 것이기에. 그렇더라도 쇼 선생보다는 창녀가 아는 것이 더 많다. 그녀는 심원하고 주기적으로 순환하는 한 남자의 내적 생명에 있는 성의 **존재**를 알 것이다. 그녀는 알 것이다, 창녀는 자꾸 그것에 맞닥뜨릴 것이기 때문에. 세계의 모든 문학은 성에 대한 창녀의 궁극적인 불능을, 남자를 붙들어 둘 능력의 결여를, 남자 속에 있는 심원한 성실성의 본능에 대한 미칠 듯한 분노를 보여 준다. 이 성실성에 대한 본능은, 세계 역사에 의해 드러난 것처럼, 성적인 면에서 남자의 불성실한 난잡함의 본능보다 좀 더 깊고 강한 것이다.

세계의 모든 문학은 남녀 모두에게 성실성의 본능이 얼마나 심원한 것인가, 남녀 공히 이 본능의 충족을 얼마나 끊임없이 갈망하고 있는가, 그리고 진정한 형태의 성실성을 발견 못 하는 자신의 무능력함에 대해 얼마나 초조해하는가를 보여 준다. 성실성의 본능은 우리가 성이라 지칭하는 저 커다란 복합체에서 가장 깊은 본능이리라. 진정한 성이 있는 곳에 성실성에 대한 열정이 잠재해 있다. 그리고 창녀는 이를 알고 있다. 그것과 맞닥뜨리기 때문이다. 창녀는 오직 진정한 성이 없는 남자, 즉 사이비만을 붙들어 둘 수 있다. 그리고 창녀는 이런 남자들을 경멸한다. 진정한 성을 가진 남자는 그들의 욕구를 충족시킬 수 없기 때문에 창녀 곁을 떠날 수밖에 없다.

'최고 창녀'는 아는 것이 너무 많다. 교황도 마찬가지다. 왜냐하면 모든 것이 교회의 전통적 의식意識 안에 있기 때문이다. 그러나 저 '최고 극작가'는 아무것도 모른다. 그의 기질에는 묘한 공백이 있다. 그에게는 모든 성이 불륜이고, 오직 불륜만이 성이다. 결혼은 성과 무관하고 무가치한 것이다. 성이 모습을 드러내는 것은 불륜에서뿐이고, 성의 여왕은 곧 최고 창녀다. 만약에 성이 결혼생활에서 불쑥 나타난다면, 그것은 한쪽 편이 다른 누군가와 사랑에 빠져 부정을 저지르고자 하기 때문이다. 쇼 선생의 지론에 의하면, 창녀는 불륜이 곧 성이라는 것을 다 알고 있고, 아내는 성 문제에 관해서 무지한 존재이다.

이것이 바로 우리 세대의 '최고 극작가들'과 '최고 사상가들'의 가르침이다. 그리고 저속한 대중은 이에 전적으로 동조하고 있다. 성은 우리가 저질스럽게 가지고 놀 대상 이외에는 아무것도 아닌 것이다. 저질스러움을 떠나, 즉 부정과 간음을 떠나서는 성이 존재하지 않는다. 경박스럽고도 자신만만한 쇼 선생을 필두로 하는 우리의 최고 사상가들이 이런 쓰레기를 너무도 철저하게 가르쳐 왔기 때문에, 이제는 아주 기정사실로 통하게 되었다. 사이비 형태의 매음과 천박한 간음을 떠나서 성은 존재하지 않으며, 결혼은 공허한 것이 되고 말았다.

오늘날 성과 결혼이라는 주제는 가장 중요한 관심사다. 우리의 사회생활은 결혼에 기초해 있고, 또한 사회학자들 말에 의하면 결혼은 재산에 기초해 있다. 결혼은 이제껏 발견된 것 중에서 재산을 보존하고 생산을 자극하는 최상의 방법이라는 것이다. 결혼에는 확실히 이러한 점이 없지 않다.

그러나 과연 그럴까? 우리는 지금 결혼에 대한 대반란, 결혼의 속박과 제한에 대한 극렬한 반란의 시대에 살고 있다. 사실 현대인이 생활에서 겪는 불행의 사분의 삼이 결혼에 골인하는 순간 시작된다 해도 과언은 아니다. 자신의 결혼 유무를 떠나 오늘날 하나의 제도로서, 그리고 인간의 삶에 부과된 짐으로서 결혼 자체에 대한 강렬한 반감을 가져 보지 않은 사람은 아주 드물다. 정부政府에 대한 반감보다 훨씬 더 큰 것이 결혼에 대한 반감이다.

그리고 우리가 결혼에서 벗어날 수 있는 어떤 현실적인 방법을 발견하게 되면 이 제도는 폐지될 것이라는 주장을 거의 모든 사람이 당연시한다. 소련이 결혼을 폐지한다, 아니면 벌써 폐지했다. 새로운 '현대' 국가들이 등장하면 이 선례를 따를 것은 거의 확실하다. 결혼 대신 모종의 사회적 대체물을 찾아내려 할 것이고, 그렇게도 미움받는 혼인 생활의 굴레를 철폐하려 들 것이다. 국가의 지원을 받는 어머니와 어린이, 그리고 여성의 독립. 모든 큰 개혁 프로그램 속에는 이러한 계획이 포함되어 있다. 그것이 의미하는 바는 물론 결혼의 폐지다.

우리 자신에게 남은 유일한 의문은, 우리가 진정 이를 원하는가이다. 우리는 여성의 전적인 독립과 국가의 지원을 받는 어머니와 어린이를 원하는가, 그리고 그에 따라 결혼의 필요성을 철폐하길 진심으로 원하는가? 왜냐하면 결국 사람들은 자기가 **진심으로** 원하는 바를 행할 것이기 때문이다. 하지만 여기서 우리는 다른 문제와 마찬가지로 인간이 이중의 욕망, 즉 피상적 욕망과 심원한 욕망, 개인적이고 천박하며 일시적인 욕망들과 내적이며 비개인적이고 오랜 세월에 걸쳐서 충족되는 보다 큰 욕망을 지니고 있다는 것을 잊어선 안 된다. 순간의 욕망은 알기 쉽지만, 또 다른 보다 깊은 욕망은 알기가 어렵다. 우리의 작은 욕망들에 관해 귀에다 대고 시끄럽게 떠들어 댈 것이 아니라, 보다 깊은 욕망들에 관해 말해 주는 것이 우리의 '최고 사상가들'이 할 일이다.

교회는 여러 해나 한평생, 심지어는 몇 세기가 걸려야 성취할 수 있는 욕망, 인간에게 가장 크고도 깊은 욕망들에 대한 자각에 입각해 있다. 그리고 독신주의의 성직 제도를 갖고 있으며 베드로나 바울의 외로운 반석 위에 세워져 있는 가톨릭교회는, 실제 삶에서는 결혼이라는 사실 위에 세워져 있다. 교회는 실로 결혼의 확고부동성 위에 기초하고 있다. 결혼 제도에 심각한 불안과 동요를 가져오거나 결혼의 영구성을 파괴하면 교회는 붕괴될 것이다. 영국 국교회의 형편없는 몰락을 한번 보라.[50]

그 이유는 교회가 인류의 **결합**이라는 요소에 기초하여 세워졌기 때문이다. 그리고 기독교 세계에서 제일의 결합 요소는 결혼의 유대다. 어디에 가든 결혼의 유대, 결혼의 굴레를 쓰고 다녀야 한다는 것이 기독교 사회의 근본적인 연결 고리다. 이를 깨뜨리면 기독교 시대 이전에 존속했던 바와 같이 국가에 의

한 강압적 지배로 되돌아가야 할 것이다. 로마제국은 전능한 힘을 휘둘렀고, 로마의 가부장은 국가를 대변하는 존재였으며, 로마의 가족은 가부장의 재산이자 어느 정도는 국가 자체를 위한 상속 재산으로 묶여 있었다. 그리스에서도 마찬가지였는데, 가족이 **영구** 재산이라는 정서는 덜했지만, 그래도 일시적으로는 사람 눈을 혹하게 할 만큼 대단한 재산으로 간주되었다. 그리스에서 가족은 로마에서보다는 훨씬 불안정한 것이었다.

그러나 고대 그리스와 로마 시대에 가족은 국가를 대변하는 존재로서의 남자를 뜻했다. 가족이 곧 여성을 뜻했던 국가들은 지금도 존재하거나 아니면 한때 존재했다. 가족의 존재가 거의 미미한 성직자 국가들도 있는데, 거기서는 성직자의 통제가 전부이고, 심지어 가족 내에서 이루어지는 통제처럼 작용한다. 그리고 역시 가족은 존재하지 않는 것으로 간주되는 소비에트 국가의 경우 초기 이집트와 같은 거대 종교 국가가 성직 계급의 감시와 종교의식을 통해 모든 개인을 직접 통제했듯이, 국가가 모든 개개인을 직접 기계적으로 통제한다.

이제 문제는, 우리가 과연 이러한 형태의 국가 통제로 되돌아가기를 바라는가 하는 것이다. 우리는 과연 제정帝政이나 공화정 아래의 로마인들처럼 되기를 바라는가? 우리의 가족과 우리의 자유의 문제에서 헬라스[51]의 도시국가 사람들처럼 되기를 바라는가? 사제가 통제하고 종교의식에 의해 생활의 실현이 보장되는 초기 이집트인들의 이상한 상태로 되돌아가기를 바라는가? 우리는 소비에트의 강압을 원하는가?

내 대답은 언제나 아니오!라는 것이다. 그리고 우리는 기독교가 인간의 사회생활에 이바지한 가장 큰 공헌은 결혼일 것이라는 얘기를 다시 한번 곰곰이 생각해 보아야만 한다. 기독교는 우리가 알고 있는 결혼을 세계에 가져왔다. 기독교는 국가라는 보다 큰 통치조직 안에 가족이라는 자그마한 자치권을 수립했다. 기독교는 어느 면에서 결혼을 신성불가침의 영역이자 국가에 의해 침해될 수 없는 것으로 만들었다. 인간에게 최상의 자유를 주었을 뿐 아니라 국가라는 보다 큰 왕국 내에 그만의 작은 왕국을 주고, 두 다리로 버티고 서서 부당한 국가에 저항할 독립 독행의 발판을 준 것은 결혼일 것이다. 남편과 부인, 신하 한둘을 거느리고 자기들만의 땅 몇 평을 가진 왕과 여왕. 이것이 결혼이다. 결혼은 진정한 자유이다. 왜냐하면 그것은 남자와 여자, 그리고 아이들에게 진정한 성취이기 때문이다.

그래도 우리는 결혼 제도를 폐지하기를 바라는가? 우리가 결혼 제도를 폐지하고 만다면, 이는 곧 가족보다 훨씬 더 막강한 힘을 가진 국가의 직접적인 지배 아래로 떨어진다는 것을 뜻한다. 우리는 과연 국가의 직접적인 지배 아래로 떨어지길 바라는가. 내 대답은 '아니오'이다.

교회는 결혼을 성性의 교합으로 결합해 죽음이 아니고는 절대 끊어지지 않을 남자와 여자의 성사聖事로 만듦으로써 결혼을 창조했다. 비록 죽음에 의해 끊어진다 할지라도 결혼에서 벗어나는 것은 아니다. 개인에 관한 한 결혼은 영원하다. 결혼은 불완전한 둘에서 완전한 하나의 몸을 이루어내고, 한평생에 걸쳐 서로 결합한 남자의 영혼과 여자의 영혼의 복잡다단한 발전을 위한 터전이다. 신성불가침의 결혼은, 교회의 영적인 지배 아래 결합한 두 남녀를 위한, 위대한 지상적地上的 자기 성취의 방식이다.

이것은 기독교가 인간의 삶에 이바지한 커다란 공헌인데, 너무도 쉽게 간과되고 있다. 그것은 남자와 여자의 삶의 성취를 향해 나아가는 데 크나큰 한 걸음이 아니었을까? 결혼은 남자와 여자의 성취를 위해 큰 도움이 되는 것인가, 아니면 하나의 좌절인가? 우리 모두는 이 중차대한 문제를 비켜 갈 수 없다.

인간은 각자 개인적으로 고립된 존재이기 때문에 가장 힘을 기울여야 할 것이 자기 자신의 영혼을 구제하는 일이라는 비국교도적非國教徒的[52] 개신교적 관념을 취한다면, 결혼은 확실히 하나의 장애물이다. 오직 나만의 영혼을 구제할 것이라면 수도사와 은둔자들처럼 결혼을 포기하는 편이 낫다. 또한 내가 오직 다른 사람의 영혼만을 구제하려 한다면 역시 열두 제자들이나 설교하는 성자들처럼 결혼을 포기하는 것이 최선이리라.

그러나 나 자신이나 다른 사람의 영혼을 구제하는 일에 관심이 없다면 어떻게 할 것인가. '구원'이 도대체 무슨 소리인지 이해할 수 없는 나와 같은 사람의 경우라면? "구원받았다"라는 말이 그저 자만심에서 나온 횡설수설로 여겨진다면? '구세주'니 '구원'이니 하는 것을 전혀 이해할 수 없고, 영혼이란 한평생을 통해서 발전되고, 성취되고, 끝까지 지속되고, 부양되어 더욱더 성취되어야 할 것으로 생각한다면 어떻게 해야 하는가.

그럴 경우 나는, 결혼과 같은 제도가 꼭 필요하며, 옛 교회야말로 오늘과 어제의 일시적인 필요를 넘어 인간의 항구적인 욕구가 무엇인지 가장 잘 알고 있었다는 것을 깨닫게 된다. 교회는 사후에 올 행복을 위해서가 아니라, 이 지상에 사는 동안 영혼의 성취를 위해서 결혼을 수립했다.

옛 교회는, 삶이란 지상에서의 성취를 통해 살아가야 하는 우리 인간의 몫임을 알고 있었다. 베네딕트[53]의 엄격한 규율과 아시시의 프란체스코가 보여 준 저 막무가내의 피정避靜,[54] 이런 일들은 교회의 확고부동한 천국에 반짝이는 광채와도 같았다. 저 아래 민중 사이에서는 삶의 리듬이 시간마다, 날마다, 계절마다, 해마다, 시대마다 교회에 의해 유지되었고, 눈부신 천상의 광채는 땅 위에서 이루어지는 삶의 영구적인 리듬에 조화된 것이었다.

우리는 이러한 것을 남부 유럽의 시골에서 새벽과 한낮, 그리고 일몰에 미사나 기도 소리와 함께 시간을 알려 주는 종이 댕그랑거리는 소리를 들을 때면 느낄 수 있다. 그것은 매일 떠오르는 태양의 리듬이다. 우리는 그것을 축제나 행렬, 크리스마스, 삼왕제三王祭, 부활절, 성령강림절, 성 요한 축일, 만성절萬聖節, 만령절萬靈節 때 느낄 수 있다. 이것은 한 해의 순환이자 하지와 동지, 춘분과 추분에 이르는 태양의 운동이요, 계절이 오고 가는 것이다. 또한 이것은 남녀의 내적 리듬이요, 사순절四旬節의 슬픔과 부활절의 기쁨, 성령강림절의 경이, 성 요한 축일의 불꽃, 만령절의 무덤 위에 켜진 촛불, 크리스마스의 불 밝혀진 나무로서, 이 모두가 남자와 여자의 영혼 안에서 일어나는 주기적인 감정이 밝혀지는 것을 나타내고 있다. 그리고 남자는 이 위대한 감정의 리듬을 남자 식으로 경험하고, 여자는 여자 식으로 경험한다. 그리고 남녀의 결합 속에서 그것은 완성된다.

신은 우주를 매일 새롭게 창조한다고 아우구스티누스[55]는 말했다. 살아 있는 감정을 가진 영혼에 비추어 볼 때 이 말은 진실하다. 새벽은 날마다 완전히 새로운 우주 속에 동터 온다. 모든 부활절은 새로 꽃피는 새 세상의, 완전히 새로운 영광을 밝혀 준다. 그리고 남자의 영혼과 여자의 영혼도 그와 똑같이, 생의 환희와 생명의 영원한 신선함에 대한 무한한 환희와 더불어 새로워진다. 그래서 한 남자와 한 여자는 한 해 한 해의 리듬과 일치하는 결혼의 리듬 속에서 평생에 걸쳐 서로에게 새로운 존재이다.

성性은 우주에서 남자와 여자의 인력引力이자 척력斥力이요, 중성의 단계를 거친 새로운 인력, 새로운 척력이면서 언제나 색다르고, 언제나 새로운 균형이다. 혈기가 저조한 사순절의 저 오랜 중성 기간을 거친 부활절 키스의 환희, 봄날의 성의 만끽, 한여름의 열정, 느린 감퇴와 반발, 가을의 슬픔, 또다시 오는 잿빛, 그리고는 겨울 기나긴 밤의 저 날카로운 자극. 남자와 여자의 성은 끊임없이 변화하면서 한 해의 리듬을, 대지大地와 관계하는 태양의 리듬을 통과한다. 아, 사람이 한 해의 리듬에서, 태양과 대지의 일치에서 단절되는 것은 얼마나 재난인가. 사랑이 뜨고 지는 태양의 리듬에서 멀어지고, 하지와 동지, 춘분과 추분의 마술적 결합과 단절되어 단지 개인적이기만 한 감정이 될 때, 사랑은 얼마나 불구가 되는가! 우리의 문제는 이것이다. 우리는 뿌리에서부터 피 흘리고 있다. 대지와 태양과 별로부터 단절되었기에, 그리고 사랑이 조롱거리가 되었기에. 우리가 가련한 꽃을 **생명**의 나무의 줄기에서 잘라내고서도, 탁자에 놓인 우리의 문명이라는 화병 속에서 계속 꽃필 것이라 기대하고 있기 때문에.

결혼은 인간의 삶의 실마리이지만, 돌고 도는 태양과 고개 끄덕이는 대지와 떨어져서는, 떠도는 행성과 장대한 항성恒星과 떨어져서는 결혼은 존재하지 않는다. 해질 녘의 남자와 동틀 녘의 남자는 완전히 다른 사람이 아닌가. 그리고 여자도 그런 것이 아닐까. 남녀가 만들어내는 변주곡의 변화무쌍한 화음과 불협화음이 삶의 신비스런 음률을 만들어내는 것이 아닐까.

이는 평생에 걸쳐서 그러한 것이 아닐까. 남자는 삼십대와 사십대, 오십대, 육십대, 칠십대일 때가 다 다르다. 그리고 그 곁의 여자도 그러하다. 그러나 이 차이점에는 어떤 묘한 관련이 있지 않은가. 청춘기, 출산할 때, 한창 꽃필 때와 어린 자식들, 여성의 삶에서 고통스러우면서도 하나의 재생이기도 한 변화의 시기, 잦아드는 정열과 무르익어 가는 애정의 기쁨, 죽음이 가까이 다가와 생사가 서로 갈리는 시기가 되면 영원한 이별이 아닌 이별을 어렴풋이 걱정하며 부부가 서로 바라보는, 이 모든 시기를 통해 어떤 독특한 조화가 있지 않은가? 이 모두를 통해서 마치 다양한 악장樂章 속에서 한 단계 한 단계 너무도 상이한 리듬으로 움직이면서도 한 남자와 한 여자의 낯설고 양립할 수 없는 두 생명의 소리 없는 노래가 빚어내는, 침묵이면서도 하나인 교향악처럼 어떤 보이지 않는 미지의 균형과 조화, 완성이 상호작용하고 있지 않은가?

이것이 결혼이고, 결혼의 신비다. 여기 이생에서 실현되는 결혼. 천국에서는 결혼이나 결혼 공표 같은 것은 없다고 보는 편이 좋으리라. 모두가 이 지상에서 실현되어야 하는 것이고, 여기에서가 아니라면 결코 실현되지 않을 것이다. 위대한 성자들과 예수의 삶은 오직 결혼의 영원한 성사聖事에 새로운 실현과 새로운 아름다움을 더하기 위한 것이었다.

그러나 —이 **그러나**라는 말은 총알처럼 우리 심장을 뚫고 나간다— 무엇보다 중요한 사실은 기본적으로 영구히 팰러스phal-lus적이지 않은 결혼, 나날의 리듬, 다달의 리듬, 사계절의, 수년, 수십 년, 수 세기의 리듬 속에서 태양과 대지에, 달과 항성과 행성에 연결되지 않은 결혼은 결혼이 아니다. 피의 결합이 아닌 결혼은 결혼이 아니다. 피야말로 영혼의 실체이고, 가장 심오한 의식의 실체이기에. 우리가 우리 존재인 것은 피에 의해서다. 우리가 살고 움직이고 우리 존재를 갖게 되는 것은 심장과 간에 의해서다. 핏속에서 지식과 존재와 감정은 나눌 수 없는 하나다. 그 어떤 뱀이나 사과도 단절을 초래하지 않았다.[56] 결혼은 오직 피의 결합일 경우에만 진정한 결혼이다. 남자의 피와 여자의 피는 결코 한데 섞일 수 없는 영원히 다른 두 흐름이다. 우리는 과학적으로도 그것을 안다. 그렇기 때문에 이 둘은 인생 전체를 둘러싸고 흐르는 두 강江인 것이고, 서로 섞이거나 혼동됨 없이 결혼 속에서 원圓은 완전해지고, 성性 속에서 두 강은 맞닿아 서로를 새롭게 한다. 우리는 이를 알고 있다. 팰러스는 피의 기둥이고, 한 여자의 피의 계곡을 가득 채운다. 남자의 피의 강은 저 깊이까지 여자의 피의 강에 맞닿지만 그 경계를 무너뜨리는 법은 없다. 그것은 모든 종교가 **실제로** 알고 있듯이, 어떤 교감communions[57] 중에서도 가장 심오한 것이다. 또한 그것은 가장 큰 신비 중 하나다. 거의 모든 계시가 신비적인 결혼의 궁극적 성취를 보여 주듯, 그것은 사실상 최대의 신비다.

이것이 성행위의 의미다. 이 교감, 두 강이 ―옛말로 하자면 유프라테스와 티그리스 강이― 서로 맞닿는 것, 인류가 처음 시작된 '낙원' 혹은 '에덴동산'이 있었던 메소포타미아 땅을 에워싸는 것. 두 강이 둘러싸는 이 행위가, 두 피의 흐름의 이 교감이, 그리고 모든 종교가 알고 있듯이 이것만이 결혼이다.

피의 두 강은 남편과 아내이고 별개인 영원한 두 흐름으로서, 미묘한 경계를 결코 깨뜨림이 없이, 어떤 혼동이나 뒤섞임이 없이 서로 맞닿아 교섭함으로써 서로를 새롭게 할 힘을 갖게 된다. 그리고 팰러스는 두 강 사이의 연결 고리로서, 두 흐름을 영원히 하나로 맺어 주며, 이 둘의 이원성二元性으로부터 하나의 회로를 끌어낸다. 두 존재 속에서 한평생 동안 점차 이루어낸 이 일치야말로 인간이 시간 속에서나 영원에서 이룰 수 있는 최고의 성취다. 이로부터 모든 인간사가, 어린이, 미美, 잘 만들어진 물건, 인간이 이룩한 모든 진정한 창조물이 솟아나는 것이다. 그리고 우리가 신의 뜻에 관해 알고 있는 것이라고는, 이러한 일치가 이루어져 평생에 걸쳐 완수되기를 바라며, 그것이 인간의 위대한 두 피의 흐름 안에서 이루어지기를 바란다는 것이다.

남자나 여자나 언젠가는 죽어서, 두 사람의 영혼이 아마 각기 따로 창조자에게 돌아가리라. 누가 다 알겠는가? 하지만 우리는 남자와 여자의 피의 결합이 우주를 완성하고, 태양과 별의 흐름을 완성한다는 것을 안다.

물론 이 모두에 사이비가 존재한다. 그것은 오늘날 횡행하는 바와 같은 사이비 결혼이다. 현대인은 그저 성격의 화신에 지나지 않는다. 두 사람이 상대의 성격에 '감동'할 때, 가구나 책이나 스포츠나 오락에서 취향이 같거나 서로 '대화 나누길' 좋아하고, 상대방의 '생각'이 마음에 들면, 현대의 결혼은 이루어진다. 이 마음과 성격의 친근감은 남녀 사이의 우정을 위해서는 좋을지 몰라도 결혼을 위해서는 재앙을 불러일으키는 요소이다. 왜냐하면 결혼은 불가피하게 성행위를 시작하게 하는데, 성행위란 과거나 지금이나 또는 앞으로도 어떤 식으로든 남녀 사이의 정신적이고도 **개인적인** 관계에 적대적이기 때문이다. 개성이 강한 두 **성격** 사이의 결혼이 놀랄 만한 육체적 증오로 끝난다는 것은 거의 자명한 이치가 되었다. 처음에는 서로에 대해 성격적으로 헌신적인 사람들이 마지막에는 자기들로서도 그 까닭을 설명할 수 없는 증오심으로 서로를 미워하게 된다. 창피스러워서 감추려고 해 보아도 서로에게 고통을 주는 증오심을 감출 수는 없다. 아주 강한 개인적 감정을 가진 사람들에게, 결혼생활을 통해 쌓이게 되는 짜증이 분노의 수위까지 차올라 광기에 가까워지는 경우를 자주 본다. 그리고 겉으로 봐서는 뚜렷한 이유를 찾을 수 없다.

진짜 이유는, 두 사람 사이의 신경과 정신과 개인적 관심에 기초한 공감이 유감스럽게도 두 성性 속의 피의 공감blood-sympa-thy에는 적대적이기 때문이다. 현대의 성격 숭배는 남녀 간의 우정을 위해서는 그만이지만 결혼에는 치명적이다. 전반적으로 볼 때 현대인은 결혼을 하지 않는 편이 나을 것이다. 오늘날의 사람들은 독신으로서의 자기 모습과 자신의 성격에 훨씬 더 충실할 수 있기 때문이다.

그러나 결혼을 하든 하지 않든 간에 치명적인 일은 생기기 마련이다. 당신이 알고 있던 것이 성격에 바탕한 공감과 사랑뿐이라면, 피의 공감과 피의 접촉blood-contact이 좌절되고 거부되었기 때문에 얼마 안 있어 분노와 증오가 영혼을 사로잡게 될 것이다. 독신일 경우 이러한 좌절은 사람을 위축시키거나 불쾌하게 하는 정도로 그치지만, 결혼생활에서는 일종의 분노를 초래한다. 오늘날 우리는 폭풍우를 피할 수 없듯이 이러한 사태를 피할 길이 없다. 그것은 인간 심리 현상의 하나다. 중요한 점은 성적인 만족이나 성취감을 한 번도 준 적이 없이 생긴, 성격에 바탕한 '사랑'을 성이 거들게 된다는 점이다. 사실 두 사람의 '성격에 바탕한' 결혼에는 피의 결혼의 경우보다 훨씬 더 많은 성행위가 있다. 여자는 영원한 애인을 애타게 갈망한다. 그리고 성격에 의한 결혼 관계에서 여자는 애인을 얻게 된다. 그런데 남자가 끝없는 욕망을 가지고 있으면서도 아무 곳에도 데려다 주지 않고 아무것도 성취시켜 주지 않을 때, 어떻게 해서 여자가 그 남자를 증오하게 되는가를 보라!

성이란 피의 공감과 피의 접촉을 뜻한다고 항상 얘기해 온 것은 나의 불찰이다. 기술적으로 보면 그렇지만, 사실상 현대의 섹스는 거의 모두가 순전히 차갑거나 냉혈적인 신경상의 섹스다. 이것이 바로 개인적 섹스다. 그리고 하얗고 차갑고 신경질적이고 '시詩적인' 개인적 섹스, 실질적으로 현대인이 알고 있는 섹스의 전부인 개인적 섹스는 심리적 효과뿐 아니라 아주 독특한 생리적 효과를 낳는다. 남녀의 두 피의 흐름이 서로 접촉하게 되는데, 피의 열정과 피의 욕망의 충동도 꼭 그와 같다. 그러나 피의 욕망의 충동에 따른 접촉이 양성陽性이어서 핏속에 신선함을 불러일으키는 데 반해, 이 신경성의 개인적 욕망의 집요함에 따른 피의 접촉은 알력을 일으키고 파괴적이 되어 피의 표백과 허약화를 낳는다. 개인적이거나 신경적 또는 영적인 섹스는 피에 해롭고 분해적인 작용을 하는 반면, 따뜻한 피의 욕망에 따른 교합은 신진대사 작용을 한다. '신경적' 성행위의 분해 작용은 한동안 일종의 황홀경과 의식의 고양을 낳는 경우도 있다. 그러나 이는 알코올이나 약물의 효과처럼 핏속의 특정한 혈구가 분해되는 데 따른 결과로서, 허약해지는 한 과정이다. 이것이 많은 현대인들의 기력이 감퇴되는 원인 중 하나이다. 상쾌하게 원기를 되살려야 할 성행위가 기력을 고갈시키고 쇠약하게 하는 행위가 된 것이다. 그래서 앞서 말한, 젊은이가 성에 의한 영국의 갱생을 믿지 못한다는 데 대해 하는 수 없이 나는 동의하게 된다. 현대의 섹스는 실제로 전부 개인적이고 신경적인 것이 되었고, 사실상 기력을 감퇴시키는 분해 작용을 하기 때문이다. 현대인의 성행위의 이러한 분해 효과는 아무도 부인할 수 없는 사실이다. 그것은 훨씬 더 치명적인 마스터베이션의 분해 효과보다 단지 조금 덜 치명적일 뿐이다.

그래서 섹스를 찬양한다고 나를 욕하는 비평가들이 의미하는 바를 조금은 이해하게 되었다. 이들은 오직 한 가지 형태의 섹스밖에 모르는데, 사실상 이들에게는 이러한 섹스만 **존재**한다. 즉, 신경적이고 개인적이며 분해적인 유의 '백색' 섹스만이 존재한다. 그리고 이런 섹스는 무언가 꾸민 듯하고 거짓된 것이지, 결코 희망을 걸 만한 것이 못 된다는 저들의 주장에 나도 동의한다. 그리고 나는 이런 유의 섹스로는 영국의 갱생을 바랄 수 없다는 데도 동의한다.

그와 동시에, 나는 섹스 없는 영국의 갱생 또한 바랄 수 없다고 본다. 섹스를 잃은 영국은 내게 마치 아무런 희망이라고는 없는 곳으로 여겨진다. 그리고 아무도 그러한 희망을 품지 않을 것이다. 섹스를 말할 때 내가 의미하고 바라는 것은 현재 행해지는 종류의 섹스가 **아니며**, 이러한 상황에서 섹스를 자꾸 역설한 것은 어리석은 일이었는지도 모르겠다. 설사 그렇다 해도 내 주장을 다 철회하고 섹스 없는 순결함에 의해 잉글랜드가 갱생할 수 있다고 믿을 수는 없다. 섹스 없는 영국!—이건 내게 별로 희망적으로 보이지 않는다.

반면, 이와는 다른, 남자와 여자 사이에 살아 있고 생기를 불어넣어 주는 결합인 따뜻한 피의 섹스를 어떻게 하면 다시 회복할 수 있을까? 나는 알 수 없다. 그러나 우리는 반드시 이를 되찾아야만 한다. 혹은 더 젊은 세대가 그렇게 하든지. 그렇지 않으면 우리 모두가 끝장이다. 미래를 향한 다리는 팰러스이기에, 그리고 그것이 종착역이기에. 그러나 현대의 '신경적' 사랑에서 볼 수 있는 메마르고 신경적이며 사이비의 팰러스는 아니다. 그것은 안 된다.

새로운 생의 충동은 피의 접촉, 신경적인 부정적 반응이 아니라 진정으로 긍정적인 피의 접촉 없이는 결코 올 수 없기 때문이다. 그리고 본질적인 피의 접촉은 남자와 여자 사이에서 이루어지며, 이제까지 언제나 그러했고 앞으로도 언제나 그럴 것이다. 긍정적인 섹스의 접촉. 동성애적 접촉은, 비록 남자와 여자 사이에 불만족스러운 신경적 섹스에 화가 나 생기는 반작용에서 기인한 대용 섹스가 아니라 할지라도 부차적인 것에 불과하다.

앞에서 **갱생**이 필요하다고 여기는 그 청년의 말마따나, 영국의 갱생은 새로운 피의 접촉, 새로운 터치, 그리고 새로운 결혼이 일어남으로써 가능할 것이다. 그것은 성적 갱생이라기보다는 팰러스적 갱생이 될 것이다. 왜냐하면 예로부터 팰러스야말로 한 남자 안의 신적인 생명력의 유일한 상징이자, 직접적인 접촉immediate contact의 위대한 상징이기 때문이다.

그것은 또한 결혼의 재생, 진정한 팰러스적 결혼의 재생이 될 것이다. 그리고 그보다 훨씬 더 나아가 우주의 리듬과 다시 합치하는 결혼이 될 것이다. 우주의 리듬으로부터 달아나는 것은 우리의 삶을 심각한 불모지로 만드는 일이다. 예전에 초기 기독교도들은 이교異敎 문화에서 내려온 우주적 제의祭儀의 리듬을 말살하려 했고, 어느 정도는 성공했다. 아마도 점성학占星學이 그때 벌써 점이나 쳐 주는 수준으로 타락해 버렸기 때문에 기독교도들은 옛 점성학의 운성運星[58]들과 십이궁도十二宮圖를 말살했다. 기독교도들은 한 해의 축제를 모두 말살하고자 했다. 그러나 인간은 혼자 힘으로 사는 것이 아니라, 돌고 도는 태양과 달과 지구에 의해 사는 것임을 알고 있는 남방 가톨릭교회는 이교도들이 지키던 것에 필적하는 성일聖日과 축제 들을 복원했고, 기독교 국가의 농부는 이교의 농부들이 걸었던 길과 아주 흡사한 길을 걸었다. 일출과 일몰, 정오의 기도를 위해 일손을 놓는 일, 하루 세 차례 태양의 움직임에 맞춘 시간, 고대의 일곱 주기에 맞춘 새로운 성일, 부활절과 죽었다 살아나는 신, 성령강림절, 한여름의 불놀이, 죽음과 같은 11월과 무덤의 혼령들, 크리스마스, 그리고 삼왕제 등, 민중들은 여러 세기에 걸쳐 교회 아래서 이러한 리듬에 맞춰 살아왔다. 그리고 종교의 뿌리가 영원한 것은 바로 민중 때문이다. 민중들이 종교의 리듬을 상실하게 되면 그 민중은 희망도 없이 죽은 것이다. 그러나 개신교가 등장하면서 민중의 삶과 밀접히 결부된 한 해의 종교적이고 제의적인 리듬에 일대 타격을 가했다. 그리고 비국교도들이 이러한 소행을 **거의** 마무리지었다. 이제 여기엔 가난하고 눈이 먼 데다 우주와 단절된 민중, 순환하는 우주의 리듬에 맞춘 제의에 살며, 보다 커다란 법에 영원히 순응하면서 살려는 인간의 영원한 요구를 만족시켜 줄 만한 것이라고는 정치나 법정 공휴일밖에 없는 민중만이 남게 되었다. 그리고 인간의 커다란 요구 중의 하나인 결혼도 마찬가지로, 보다 큰 법의 지배의 상실, 언제나 삶을 다스려야 할 우주적 리듬의 상실을 겪었다. 인류는 우주의 리듬으로 돌아가고, 영원한 결혼으로 돌아가야 한다.

여기까지의 이야기 모두가 내 소설 「채털리 부인의 연인」에 대한 해설 혹은 서론이다. 인간에게는 작은 요구와 보다 깊은 요구라는 것이 있다. 우리는 작은 요구에 따라 사는 착오에 빠져, 일종의 광기 속에서 보다 깊은 요구를 거의 상실하고 말았다. 또한 개인 또는 인간의 작은 요구에 관계되는 작은 도덕이라는 것이 있는데, 우리는 슬프게도 이에 따라 살아간다. 그러나 보다 깊은 도덕도 있다. 이는 모든 남녀, 모든 국가와 인종, 모든 계급의 인간에 관계되는 것이다. 보다 큰 도덕은 오랜 세월에 걸쳐 인류의 운명에 영향을 미치고, 인간의 보다 큰 요구에 적용되는 것으로, 작은 요구의 작은 도덕과는 충돌을 일으킨다.

  비극적 의식[59]은 심지어, 인간의 보다 큰 요구 중 하나가 죽음에 관한 지식과 그 경험이요, 모든 인간이 자기 자신의 몸으로 죽음을 알 필요가 있다고 가르쳤다. 그러나 비극적 의식 이전과 이후 시대의 보다 큰 의식은 —우리가 비록 비극적 의식 이후 시대에는 아직 이르지 못했지만— 인간에게 가장 필요한 일이 삶과 죽음의 완전한 리듬을, 태양의 한 해 리듬을, 한평생에 걸친 우리 몸의 해年의 리듬을, 그리고 별들의 보다 큰 한 해 리듬을, 영혼의 영원한 해年의 리듬을 영원히 새롭게 해 나가는 것이라고 우리에게 가르쳐 준다. 이것이야말로 우리가 필요로 하는 것, 절대적으로 필요로 하는 것이다. 그것은 우리 마음과 영혼, 육체, 정신, 그리고 성이 필요로 하는 것이다. 이러한 필요를 하느님의 '말씀'이 채워 주기를 기도하는 것은 소용없는 일이다. 어떤 '말씀'도, 어떤 '로고스'도, 어떤 '발언'도 결코 그렇게 해 줄 수 없다. '말씀'은 이미 대부분 다 말해졌다. 우리가 해야 할 일은 단지 진정으로 주의를 기울이는 일이다. 하지만 그 누가 우리를 불러 말이 아닌 '행동'으로, 계절과 한 해의 위대한 행동과 영혼의 주기週期의 행동으로, 남자의 삶과 하나 된 여자의 삶의 행동으로, 순환하는 달의 작은 행동과 순환하는 태양의 보다 큰 행동으로, 그리고 저 거대한 항성들의 가장 큰 행동으로 향하게 할 것인가? 지금 우리가 배워야 할 것은 생명의 **행동**이다. 우리는 '말씀'을 배운 것으로 여기고 있는데, 아슬프게도 우리 모습을 한번 보라. 우리는 '말에서는 완벽'할지 몰라도 '행동은 실성한' 듯하다. 이제 오늘날 우리의 '졸렬한' 삶의 죽음을 준비하자. 그리고 살아 움직이는 우주와 접촉할 보다 큰 삶의 재탄생을 준비하자.

그것은 실질적으로 관계의 문제다. 우리는 다시 생기발랄하고 생을 먹여 살리는 코스모스와의, 우주와의 관계로 **반드시** 되돌아가야 한다. 그 길은 나날의 제의祭儀와 재각성再覺醒에 의한 것이다. 우리는 새벽과 정오와 일몰의 제의, 불을 붙이고 물을 붓는 제의, 첫 숨결과 마지막 숨결의 제의를 다시 한번 **실천**해야만 한다. 이는 한 개인과 집안이 관련된 문제로서 낮의 제의이다. 새벽별과 저녁별의 위상에 따른 달의 제의는 남자와 여자가 각기 다르다. 또 행렬과 춤에 구현된 영혼의 '드라마'와 '열정'이 깃든 계절의 제의는 공동체를 위한 것으로, 남녀가 함께 어우러져 전체 공동체가 함께하는 제의다. 그리고 한 해에 맞춰 크게 벌이는 별들의 제의는 온갖 나라와 국민들을 위한 것이다. 이들 제의로 우리는 돌아가야만 한다. 아니면 우리의 필요에 맞게 이들을 진화시켜야만 한다. 실로 우리는 보다 큰 요구를 실현하지 못해 죽어 가고 있고, 우리의 내적인 양식과 재생의 위대한 원천으로부터, 우주 속에서 영원히 흐르고 있는 원천으로부터 단절되어 있다. 생명의 차원에서 볼 때 인류는 죽어 가고 있다. 마치 뿌리 뽑힌 거대한 나무가 허공에 뿌리를 드러낸 것처럼. 우리는 우리 스스로를 다시 우주 속에 심어야만 한다.

이는 고대의 형식으로 되돌아가서, 옛 형식을 다시 창조해야만 함을 뜻한다. 그러나 그것은 복음의 설교보다 더 힘든 일이다. '복음서'는 우리가 모두 구원받았다고 말해 주기 위해서 왔다. 오늘날 세상을 보면, 인류는 슬프게도 그것이 어떤 것이든 죄로부터 구원을 받기는커녕 오히려 생명을 거의 상실한 상태이고, 절멸 직전에 와 있음을 알 수 있다. 다시 우리 발로 일어서 살아가기 위해서는 관념론적 개념이 시작되기 전으로, 플라톤 이전으로, 삶에 대한 비극적 관념이 생기기 전으로 머나먼 길을 돌아가야만 한다. '이상理想'을 통한 구원이라는 복음, 그리고 육체로부터의 도피는 비극적 인생관과 동시에 일어났기 때문이다. 구원과 비극은 같은 것, 그리고 이제 이 둘 다 문제의 핵심에서 벗어난 것이다.

저 뒤로, 이상주의적 종교들과 철학들이 생겨나 인간으로 하여금 비극의 대여정大旅程을 시작하게 한 그때 이전으로. 인류의 지난 삼천 년은 이상과 육체의 상실 그리고 비극으로의 여정이었고, 이제 이 여행은 끝이 났다. 마치 극장에서 비극이 끝난 것과 같다. 무대는 시체들로, 더욱 나쁘게는 아무 의미 없는 시체들로 어지러이 흐트러져 있고 막은 내려진다.

그러나 삶의 무대에서는 막이 내려지는 법이 없다. 거기 죽어 꼼짝 않는 몸뚱이들이 누워 있고, 누군가가 이것들을 깨끗이 치워야 하고, 누군가가 계속해서 살아 나가야만 하는 것이다. 새

날이 왔다. 오늘은 벌써 비극과 이상의 시대가 막을 내린 다음 날인 것이다. 아직 무대에 남아 있는 배우들 위로 극도의 무기력증이 무겁게 떨어진다. 그러나 우리는 계속 나아가야 한다.

이제 대大관념론자들이 그들의 사상 밑바닥에 깔린 염세주의로, 삶은 단지 쓸데없는 투쟁에 지나지 않고, 죽음을 무릅쓰고라도 피해야 할 것이라는 그들의 믿음으로 황폐화시킨 위대한 우주적 관계들을 다시 회복해야만 한다. 붓다, 플라톤, 예수 이세 사람 모두가 생에 관한 한 전적으로 염세주의자들이다. 그들은, 유일한 행복은 자기 존재를 탄생과 죽음과 결실이 있는 매일의, 매년의, 계절에 따른 생으로부터 떼어내는 데 있고, '불변'하거나 영원한 영혼으로 살아가는 데 있다고 가르친 사람들이다. 그 이래 거의 삼천 년이 지난 지금, 우리는 계절과 탄생과 죽음과 결실의 리듬에 따른 삶으로부터 거의 완전히 단절되어 버렸다. 이제야 이러한 추상화抽象化가 축복이나 해방이 아니라 허무임을 깨닫게 되었다. 이렇게 추상화된 삶은 공허한 무력감을 가져온다. 저 위대한 구원자들과 교사들은 우리를 생으로부터 단절시킬 뿐이었다. 그것은 인류의 역사에서 비극적인 **부록**이었다.

우리에게 우주는 죽은 것. 어떻게 그것이 다시 살아날 것인가? '지식'이 태양을 죽여 반점이 있는 가스 덩어리로 만들었고, '지식'이 달을 죽여, 이제 달은 천연두 자국같이 생긴, 활동을 멈춘 분화구들로 곰보 자국이 난 죽어 버린 작은 땅이 되었고, 기계가 지구를 죽여 우리의 여행을 위한 울퉁불퉁한 노면으로 만들어 버렸다. 이런 상황에서 어떻게 하면 말할 수 없는 환희로 사람을 충만하게 할 영혼의 장대한 천체天體를 되찾을 것인가? 어떻게 하면 아폴로와 아티스, 데메테르, 페르세포네와 디스의 전당을 되찾을 것인가?[60] 어떻게 하면 헤스페러스 혹은 베텔게우스 별[61]을 다시 볼 수 있을 것인가.

우리는 이들을 되찾아야만 한다. 이들이야말로 우리의 영혼과 우리의 보다 큰 의식이 살아가는 세계이기에. 달이 죽어 버린 땅덩어리가 되고, 태양이 점 박힌 가스가 되어 버린 이성과 과학의 세계는, 추상화되어 단절된 정신이 사는 메마른 불모의 좁은 세계다. 우리의 치사한, **뿔뿔이 단절된 의식**에 의해 파악된 조그마한 의식의 세계. 이것이 바로 우리 자신으로부터 동떨어진 것으로 파악하고 있는, 저열할 만큼 만물이 다 산산이 나누어진 세계의 모습이다. 세상이 우리와 연결되어 있는 것으로 알 때, 우리는 대지를 히아신스나 플루토적으로 알게 되고,[62] 환희가 그러하듯 달이 우리에게 육체를 주거나 앗아 간다는 것을 알게 되고, 마치 어미 사자가 새끼들을 핥듯 우리 몸을 핥아 우리를 대담하게 만들어 주거나, 아니면 붉게 성난 사자처럼 곤두세운 발톱으로 할퀴는 거대한 황금빛 사자인 태양이 그르렁거리는 소리를 알게 된다. 사물을 아는 데는 여러 길이 있고, 지식에는 여러 종류가 있다. 하지만 인간에게 주요한 두 가지 앎의 방식은, 정신과 합리와 과학의 길인 단절된 방식으로 아는 것과 종교와 시의 길인 일체감의 방식으로 아는 것이다. 기독교는 프로테스탄티즘에서 최종적으로 우주와의 일체감, 육체, 성, 감정, 열정의 일체감과 지구와 태양과 별들과의 일체감을 상실했다.

그러나 관계라는 것은 삼중으로 되어 있다. 첫째, 살아 있는 우주와의 관계가 있다. 그 다음은 남자와 여자와의 관계다. 그리고 마지막으로 오는 것이 남자와 남자의 관계다. 이 모두는 피의 관계로, 단순히 영혼이나 정신의 관계는 아니다. 우리는 우주를 추상화시켜 '물질'과 '힘'으로 환원했고, 남자와 여자를 추상화시켜 동떨어진 개성들로 —고립된 단위로서 서로 일체가 될 수 없는 개성들로— 환원해 버렸기에, 위의 세 가지 관계가 다 육체 없는 죽은 것이 되어 버렸다.

　하지만 그 어느 것도 남자 대 남자의 관계만큼 죽어 버린 것은 없다. 오늘날 남자끼리 서로 어떻게 느끼는가를 끝까지 분석해 보면, 모든 남자가 다른 남자를 하나의 위협으로 느끼고 있음을 발견하게 된다. 묘한 일이기는 하지만, 남자가 정신적이고 관념적일수록 다른 남자의 육체적 존재를 위협으로, 즉 자기 자신의 존재에 대한 위협으로 느낀다. 내게 가까이 다가오는 모든 남자가 내 존재를, 내 실존을 위협한다.

　이것이 우리 문명 밑바닥에 있는 추한 사실이다. 어느 전쟁 소설의 광고에 나오듯이, 그것은 "우정과 희망, 진창과 피"의 서사시다. 물론 여기서 우정과 희망은 진창과 핏속에서 끝나야 한다는 의미다.

　섹스와 육체에 맞선 대大십자군이 플라톤과 함께 맹렬하게 일어났을 때, 그것은 '관념'을 위해 단절된 사물들에 관한 '영적인' 지식을 위한 십자군이었다. 섹스는 위대한 통합자다. 이 크고도 완만한 진동 속에서, 사람들을 일체감 속에 행복하게 만드는 것은 바로 따뜻한 가슴이다. 관념적인 철학과 종교는 의도적으로 이것을 죽이려고 일어난 것이다. 그리고 실제로 그렇게 했다. 그 과업을 완수한 것이다. 우정과 희망의 최후의 대분출은 진창과 핏속에 짓눌리고 말았다. 이제 남자들은 모두가 각기 단절된 작은 존재가 되었다. '친절함'이 그럴싸한 구호인 오늘날 —모든 사람은 반드시 '친절'**해야만** 한다— 우리는 이 '친절함' 아래 황량하기 짝이 없는 차가운 마음, 가슴의 결핍, 냉혹함을 본다. 모든 남자가 서로에게 **위협이다.**

남자는 서로를 단지 위협으로서만 알고 있다. 개인주의가 승리를 거두었다. 내가 만약 전적으로 개체에 불과하다면 다른 모든 존재는, 특히 다른 모든 남자는 나에 대한 하나의 위협이다. 이것이 오늘날 우리 사회의 특징이다. 우리 모두가 서로에 대해 극히 상냥하고도 '친절'하다. 우리가 서로를 두려워한다는 단순한 이유 때문에.

동료 남자들과 하나이자 공동체라는 감정이 사라져 갈 때, 그리고 고립된 존재와 동의어인 개인주의와 개성의 의식이 증대되어 갈 때, 위협감과 공포감에 뒤따라오는 고립감이 생기게 마련이다. 소위 '교양있는' 계급은 제일 먼저 '개성'과 개인주의를 발달시키고, 이 무의식적인 위협감과 공포의 상태에 가장 먼저 빠진다. 노동자 계급은 일체감과 연대감의 오래된 '피의 온기'를 몇십 년 더 간직한다. 그러고는 이들도 그것을 잃고 만다. 그 다음에는 계급의식과 계급 간의 증오가 만연하게 된다. 계급 간의 증오와 계급의식은, 오래된 일체감과 오래된 피의 온기가 허물어지고 모든 인간이 스스로를 동떨어진 존재로 의식하게 되었다는 징표에 지나지 않는다. 그렇게 해서 적대와 투쟁을 위해 뭉친 패거리가 서로 다툼을 벌이게 된다. 시민의 투쟁이 자기주장을 위한 필수 조건이 된다.

이것이 오늘날 사회적 삶의 비극이다. 옛날 영국에서는 묘한 피의 유대가 상이한 계급들을 한데 묶어 주었다. 시골 대지주[63]는 설사 오만방자하고 폭력과 공감을 쓰며 부당하게 굴지언정, 어떤 면으로는 민중과 **하나**였고 같은 피의 흐름 속에 있었다. 그것을 우리는 디포[64]나 필딩에서 느낄 수 있다. 후에 저속한 제인 오스틴[65]에 와서 그것은 사라지고 말았다. 이 노처녀는 벌써 인물의 인격 대신에 '개성'을 전형화시키고 있다. 즉 연대감 속에서 아는 대신 예리하게 단절된 존재로 아는 것이다. 그리고 불쾌하기 짝이 없게도 이 여자는, 필딩이 좋고 관대한 의미에서 영국적이듯, 좋지 않고 저속하고 속물적인 의미에서 영국적이다.

「채털리 부인의 연인」에 보면 클리퍼드 경이라는 남자가 있다. 오로지 개성만을 가진 이 남자는 순전히 개성뿐으로, 사회적 관례 이외에는 동료 남자나 여자와의 관계를 완전히 상실한 존재다. 따뜻함은 완전히 사라지고, 벽난로는 차갑고, 가슴은 인간적 의미에서 존재하지 않는다. 그는 우리 문명의 완전무결한 산물이지만, 위대한 인간성의 죽음을 상징한다. 그는 원칙에 따라 친절한 사람이긴 하지만, 따뜻한 공감이 무엇을 뜻하는지는 알지 못한다. 그는 이런 존재다. 그리고 자기가 선택한 여자를 잃고 만다.

또 한 남자[66]는 아직 남성으로서의 따뜻함을 간직하고 있지만, 몰리고 있고 파멸당하고 있다. 심지어 그를 따르는 여자조차 진정으로 그와 그의 존재가 상징하는 핵심적인 의미의 편에 있는지 의문시된다.

내가 의도적으로 클리퍼드를 불구로 설정했는지, 그것이 무슨 상징성을 띠는지 여러 번 질문을 받았다. 그리고 문학계의 친구들은 그를 건강하고 성적인 면에서 정상적인 인물로 설정하고, 그럼에도 불구하고 여자가 그를 떠나도록 했더라면 더 좋지 않았을까 하고 말한다.

'상징성'이 의도적인가 여부에 관해서 말하자면, 그건 나도 모른다. 처음 클리퍼드라는 인물을 만들었을 때는 확실히 그렇지 않았다고 할 수 있다. 클리퍼드와 코니를 창조했을 때, 나는 그들이 어떤 존재인지, 그리고 왜 그런 존재가 있어야 하는지 알지 못했다. 그들은 그냥 있는 모습 그대로 생기게 된 것이다. 그러나 소설은 처음부터 끝까지 세 번이나 씌어졌다. 그리고 가장 먼저 씌어진 것을 읽었을 때, 클리퍼드의 불구가 된 다리는 오늘날 그와 같은 유형의 사람과 계급에 해당하는 대다수 남성들의 감성과 정열 깊숙한 곳에서 일어난 마비 상태를 상징하고 있음을 나는 알게 되었다. 소설 기법상 그를 불구로 설정한다면 아마 코니를 불공평하게 다루는 것이 될 수도 있음을 나는 깨달았다. 이러한 스토리 설정으로 코니가 클리퍼드 곁을 떠나는 것이 훨씬 더 저속한 행위로 비쳐지게 되었다. 하지만 스토리는 지금과 같은 모양새로 저절로 생기게 된 것이라 더는 손대지 않았다. 우리가 그것을 상징성이라 부르건 그렇지 않건 간에, 그것이 어쨌든 그렇게 일어난 것이라는 의미에서 불가피한 것이다.

그리고 소설이 완성된 지 거의 이 년이나 지난 지금에 쓰는 이 글은, 무엇을 해명하거나 해설하기 위한 의도에서 나온 것이 아니다. 그저 소설의 배경으로서 꼭 필요할지 모를 감정상의 신념을 전달하기 위해서일 뿐이다. 이 소설은 너무도 분명하게 관습에 대한 반항으로 쓰인 책이기 때문에 그 반항의 태도에 대한 이유를 밝혀야 할 것 같다. **부르주아를 놀래키고** 범속한 사람들을 어리둥절하게 만들려는 어리석은 욕심은 환영받을 만한 가치가 없기 때문이다. 내가 금기시된 단어를 사용했다면 거기엔 이유가 있다. 우리가 그것에 그 나름의 팰러스적 언어를 부여하고 외설적인 말을 사용하지 않는 한, 한껏 '고양된' 정신의 폐해로부터 팰러스적 현실을 해방할 길이 없다. 팰러스적 현실에 대한 최대의 모독은 바로 이 '보다 높은 차원으로의 고양'이다. 마찬가지로, 만약 소설 속의 귀부인이 자기 남편의 사냥터지기와 결혼을 한다면 —아직 그렇게 하지는 않았지만— 그것은 계급적 원한에서 나온 것이 아니라, 계급에도 불구하고 일어난 일이다.

마지막으로, 내가 원본이 아니라 몇 가지 해적판들에 관해 언급한다고 불평하는 편지를 보내는 사람들이 있다. 피렌체에서 나온 최초의 원본은 하드커버로 장정된 것으로, 흐릿한 뽕나무빛 자주색 종이에 내 피닉스(불멸의 상징, 불타는 둥지에서 다시 살아나 날아오르는 새)[67]가 표지에 검은색으로 인쇄되어 있고, 책등에는 흰 종이로 라벨이 붙어 있다. 종이는 크림같이 반들반들하게 손으로 누른 양질의 이탈리아 종이이고, 인쇄는 잘되었으나 평범한 것이고, 장정도 피렌체의 작은 출판사에서 만든 그저 평범한 것이다. 거기엔 어떤 전문가적인 서적 제작의 흔적이 전혀 없지만, 대단히 '탁월한' 다른 책들보다 훨씬 더 산뜻한 책이다.

그리고 철자의 오류가 많이 있다면 ─실제로 그러하다─ 그것은 영어를 한마디도 모르는 가족이 운영하는 이탈리아의 작은 인쇄소에서 조판했기 때문이다. 그들 중 영어를 한마디라도 할 줄 아는 이가 없었기 때문에 글 내용에 얼굴을 붉힐 일은 전혀 없었지만, 그 교정쇄는 정말 끔찍했다. 인쇄공은 몇 페이지 정도는 그런대로 잘하다가 술을 한잔 하러 나가기가 일쑤였다. 그러면 단어들이 아주 묘하고도 음산하게 춤을 추어 대는데, 도저히 그걸 영어라고 할 수는 없었다. 그러니 아직도 상당수의 오자가 보인다면, 그 정도밖에 없다는 데 감사해야 할 것이다.

그런데 그 가련한 인쇄공이 속아서 그런 책을 인쇄하게 되었노라고 어느 신문에 났다. 하지만 속임수는 전혀 아니었다. 방금 두번째 아내와 결혼한 흰 콧수염의 자그마한 그 남자에게 나는 말했었다. "자, 이 책엔 영어로 이러저러한 단어들이 들어 있는데, 그것은 이러저러한 내용에 관해 쓰어진 것이오. 이것 때문에 골치 아픈 일에 휘말릴 거라고 생각되면 인쇄하지 않아도 좋소!" "무슨 내용인데요?"라고 그가 물었다. 내 설명을 듣자, 피렌체 사람다운 무관심으로 짤막하게 그가 말하길, "오, 맙소사! 하지만 우리는 그걸 만날 하는데!" 이것으로 그에겐 문제가 완전히 일단락된 것 같았다. 정치적이거나 터무니없는 내용 같은 건 없었기에 생각해 볼 여지도 없었던 것이다. 그에겐 그저 흔한 일상사였던 것이다.

그러나 작업은 아주 힘들었고, 책이 그 정도로 잘 나온 것이 신기할 정도다. 활자도 반 정도 분량밖에 없어 반만 식자植字되어 천 부가 인쇄되었다. 그리고 신중을 기하기 위한 조치로 이백 부는 보통의 종이에다 인쇄했고, 두번째 판의 일부도 그렇게 했다. 그리고 처음 활자를 다시 풀어 나머지 반을 조판했다.

그 다음에 온 것은 책을 보급하는 데 겪은 어려움이다. 책은 미국 세관에 의해 즉시 제지당했다. 다행히 영국에서는 그런 조처가 취해지는 데 시간이 걸렸다. 그래서 실질적으로 초판 거의 전부가 ─적어도 팔백 부는 확실하다─ 영국으로 향했음에 틀림없다.

그 다음에 온 것은 폭풍같이 몰아친 저속한 매도이다. 그러나 그러한 욕설은 불가피했다. "하지만 우리는 그걸 만날 하는데!"라는 것이 저 자그마한 이탈리아 인쇄업자의 말이다. 영국 언론의 일부는 "끔찍하고도 소름 끼치는 내용이다!"라고 비명을 질러 댄다. "적어도 섹스에 관해서 정말로 섹슈얼한 책을 써줘서 고맙소이다. 나는 섹스와는 아무 관계도 없는 섹슈얼한 책들에 정말 싫증이 났습니다"라고 피렌체의 가장 저명한 시민(이탈리아 사람) 중 하나가 내게 말한다. "글쎄, 나도 잘 모르겠군요. 잘 모르겠어요, 좀 너무 강한 것은 아닌지"라고 피렌체의 어느 소심한 이탈리아인 비평가는 말한다. "이것 보시오, 시뇨르 로렌스. 정말 꼭 그걸 **말**해야만 하겠소?" 내가 꼭 그래야만 하겠노라고 대답하자, 그는 곰곰 생각을 하는 모양이었다. "글쎄, 인물들 중 하나는 머리 좋은 흡혈귀고, 다른 하나는 섹스에 미친 저능아로군요"라고 어느 미국 여성이 소설 속의 두 남자를 두고 말했다. "그러니 내가 보기엔 코니에게는 선택할 여지가 별로 없었던 것 같군요. **언제나 그랬듯이!**"

역주

1. Day School. 유산 계층 자녀들이 다니는 기숙학교 이외의 일반 학교.
2. 로렌스의 집 근처 마을에서 농장을 경영하던 집안의 딸인 미리엄Miriam은 로렌스가 소설 『아들과 연인Sons and Lovers』(1913)에서 사용하기 시작한 별칭으로, 실제 인물 제시 체임버스Jessie Chambers(1886-1944)를 말한다. 제시는 로렌스 성장기의 친구이자 첫사랑인 문학 소녀였다. 그녀는 로렌스 와 함께 많은 글을 읽고 토론했으며, 그의 단편소설을 몰래 지역신문에 투고하여 당선됨으로써 로렌스가 작가의 길로 들어서는 계기를 마련해 주었 다.
3. 당시 학사학위를 받으려면 삼 년의 대학 과정을 이수해야 했는데, 로렌스 는 이 년 과정의 정교사 자격증 취득 과정만 이수하고 초등학교 교사가 되 는 것으로 대학 교육을 마감했다.
4. 1911년 출간된 로렌스의 첫 장편소설 「흰 공작The White Peacock」의 처음 제목은 '라에티셔Laetitia'였다.
5. Ford Madox Hueffer(1873-1939). 포드 머독스 포드Ford Madox Ford로 더 잘 알려진 영국 문사文士로, 그의 잡지를 통해 로렌스의 글(시)을 최초로 출판해 주었다. 1911년에는 로렌스의 첫 소설 「흰 공작」을 당대 최고의 출 판인의 하나인 윌리엄 하인만William Heinemann(1863-1920)에 천거해 출 판하도록 해 주었다. 포드는 로렌스 외에도 제임스 조이스, T. S. 엘리엇, 에즈라 파운드, 헤밍웨이 등의 모더니스트들이 작가로서 출발하는 데 많은 도움을 주었으며, 자신도 소설을 썼다.
6. Edward Garnett(1868-1937). 작가이자 출판사 편집인으로, 콘래드, 로렌 스, 허드슨 등의 작가를 발굴 또는 후원했고, 로렌스를 출판사 덕워스 Duckworth에 소개함으로써 소설 「아들과 연인」의 출판을 도와주었다.

7. Austin Harrison. 휴퍼에 이어 잡지 『디 잉글리시 리뷰』의 편집자가 된 사람으로, 로렌스의 시와 산문을 자주 출간해 주었다.

8. 메츠는 프랑스 동부의 소도시로, 1912년 로렌스가 처음 방문했을 당시에는 독일령이었다. 바바리아Bavaria는 독일 남부 지방으로, 현재의 바이에른 주를 가리킨다.

9. 타오스 근처 로키산맥 자락에 있던 델 몬테 목장을 말한다. 로렌스는 1922년 12월경에 그리로 옮겼는데, 이 글에서는 1923년으로 기억하고 있다.

10. 여기서도 로렌스의 기억은 정확하지 않다. 로렌스 부부가 뉴멕시코와 미국을 떠나 유럽으로 영구히 돌아온 것은 1925년 9월이었다.

11. 빌라 미렌다Villa Mirenda를 말한다.

12. 1881-1885. 영국 소설가 조지 메레디스George Meredith(1828-1905)의 소설.

13. 1861. 영국 여류 소설가 엘렌 우드Ellen Wood(1814-1887)가 1861년 발표한 인기 소설.

14. 제임스 배리James Barrie(1860-1937)는 「피터 팬」을 쓴 스코틀랜드 극작가이자 소설가이고, 허버트 조지 웰스Herbert George Wells(1866-1946)는 공상과학소설로 유명해진 영국 작가이다.

15. 노팅엄셔의 셔우드 숲은 로빈 훗의 전설로 유명한 곳이다.

16. 당시 탄광 아래에서는 당나귀나 말을 써서 채탄 작업을 거들게 했다.

17. Wesleyans. 영국 복음주의 신학자 존 웨슬리John Wesley(1703-1791)가 창시한 감리교를 따르는 이들로, 특히 웨슬리파 감리교도를 말한다.

18. 1810년 영국에서 조직된 감리교 보수파. 이들은 병자 구호, 감옥 방문 등 기독교의 가르침과 실천의 규율에 대한 엄수로 유명하며, 교리적으로는 칼빈적인 운명 예정설을 부인, 내면적 신앙을 통한 개인적 구원의 가능성을 주장함으로써 영국 국교회의 형식주의에 식상한 노동자 계급에서 많은 추종자를 끌어냈다. 가난한 계급의 종교적 열정을 부흥함으로써 십팔세기 후기 영국에서 정치적 혁명으로 향할 에너지의 방향을 종교 쪽으로 전환했다고 보는 역사학자들도 있다.

19. 존 밀턴John Milton(1608-1674)은 영국 시인으로 「실락원The Paradise Lost」의 저자이고, 헨리 필딩Henry Fielding(1707-1754)은 영국 소설의 전통을 수립한 작가로 「조지프 앤드루스」 「톰 존스」 등을 썼으며, 조지 엘리엇George Eliot(1819-1880)은 영국의 여류 소설가로, 잉글랜드 전원을 배경으로 한 그녀의 사실주의적 소설은 로렌스 초기 소설의 농촌과 전원 묘사에 영향을 주었다.

20. the butty system. 십장什長에 해당하는 채탄 청부인butty 한 사람이 탄광회사로부터 탄갱 한 곳을 배분받아, 그의 밑에 여러 명을 거느리고 한 조로 작업한 결과를 분배하던 방식으로, 로렌스의 아버지도 이러한 제도 아래에서 작업했다.

21. 로렌스에게 '어둠darkness'은 긍정적인 의미를 가진 중요한 표현으로, 특히 일차세계대전을 전후하여 그가 심리학과 무의식 세계에 관심을 기울이면서 의식적인 이지理智의 활동으로 다 파악될 수 없는 존재 영역, 혹은 본능과 직관의 세계를 전달하기 위해 쓰기 시작한다.

22. 로렌스에게 '사실'의 세계는 거의 언제나 신문의 정치면이나 사회면 등에 나오는, 뒤틀린 욕망과 경쟁이 지배하는 메마른 현실 세계를 뜻한다.

23. 로렌스에게 '흐름'의 세계는 유동적이고 언제나 생성 변화하는 유전流轉의 세계, 생명의 본래 모습을 뜻한다.

24. 로렌스는 일차세계대전이 끝나고 1919년 영국을 떠난 이래 주로 이탈리아, 멕시코, 남프랑스 등 햇빛이 강렬한 곳에서 지냈다.

25. 저스틴 해리슨Justin Harrison이라고 되어 있지만, 사실은 오스틴 해리슨 Austin Harrison(1873-1928)을 지칭하고 있는 것이 거의 확실하다. 아마 실명을 거론하지 않기 위해서인 듯하다. 그는 포드 머독스 휴퍼를 이어 『디 잉글리시 리뷰』의 편집을 맡아 로렌스의 시와 산문을 자주 게재해 주었다. 앞서 언급된 유명한 편집인도 오스틴 해리슨으로 보인다.

26. 델포스Delphos는 고대 그리스 신화의 태양신 아폴론의 아들로, 아폴론 신탁소가 있던 델포이의 이름은 여기서 유래했다고 한다. 도도나Dodona는 제우스 신의 신탁소가 있던 곳이다.

27. Consummatum est. 십자가에서 그리스도가 마지막으로 한 "일이 완결되었도다"라는 말.

28. 일차세계대전을 말한다.

29. 「요한복음」 14장 2절에 나오는 예수의 말.

30. 명부冥府의 신 하데스에게 납치된 페르세포네는 일 년 중 반년인 봄, 여름철에 꽃이나 곡식의 형태로 지상으로 돌아온다고 그리스 신화는 말하고 있다. 봄에 피어나지 못한 제비꽃이 9월인 지금 피어 있는 모습을 두고 로렌스는 생각에 잠겨 있다.

31. 하드윅 홀Hardwick Hall을 말한다. 영국 더비셔의 체스터필드 근처에 있는 엘리자베스 일세 시대의 저택으로, 쉬로즈버리Shrewsbury 공작부인인 하드윅의 베스Bess of Hardwick를 위해 1591년에서 1597년 사이에 지어졌다. 창문이 많은 것으로 유명하다.

32. 더비셔 체스터필드의 영국성공회 첨탑은 구부러져 있는 것으로 유명하다.

33. the Band of Hope. 청소년들에게 평생 동안의 금주를 홍보, 촉진하기 위한 단체로, 1847년 영국에서 창립되었으며, 기독교 교회를 중심으로 전개되었다.

34. 미국 목사이자 찬송가 작곡가인 로버트 라우리Robert Lowry(1826-1899)가 1895년에 발표한 곡인 「당장 내려 놔Dash It Down」를 언급하고 있다. 그 곡은 "잔 속에는 악마가 들어 있다"로 시작한다. 로렌스는 청소년 금주단에서 이 노래를 배웠을 것이다.

35. '할 수 있을 때 장미를 모으라'는 말은 젊을 때 청춘을 즐기라는 서양 속담이다.

36. the Jesuits. 1534년 성 이그나티우스 로욜라St. Ignatius Loyola에 의해 설립된 로마 가톨릭교회 내의 수도회. 교육을 통한 교세 확장 사업이 주요 목표로, 아시아, 아메리카, 아프리카에서 문화, 교육의 보급에 이바지해 온 동시에 서양 제국주의의 첨병 노릇도 함께해 온 교단이다.

37. 데이비드David는 『구약성서』에서 블레셋족의 거인 골리앗과 싸워 이긴 영웅이자 이스라엘의 왕인 다윗David에서 유래한 이름이다.

38. 아나니아Ananias는 『신약성서』에서 신에게 거짓말을 해 목숨을 잃었다는 사람이고(「사도행전」 5장 1-10절), 아합Ahab은 기원전 구세기경의 이스라엘 왕으로, 고대 페니키아 등 다른 셈족 계통의 태양신 혹은 자연의 생산력을 상징하는 신이었던 바알Baal신을 이스라엘에 도입했다. 기독교와 성서의 전통에 대한 로렌스의 반감이 드러나는 대목이다.

39. 1928년 이탈리아 피렌체에서 첫 출판되었다.

40. 기니guinea는 영국의 옛 화폐 단위로, 이십일 실링에 해당하며, 실링shilling은 이십 분의 일 파운드이다.

41. Captain Kidd. 1645년경-1701. 해적질과 살인죄로 처형된 악명 높은 영국 해적으로, 나중에는 낭만적으로 묘사되었다.

42. 1923년에 여자와 결혼한 영국의 바커Barker 대령은 1929년 남장을 한 여성임이 밝혀져 위증죄로 구 개월 징역형을 받았다.

43. 1924년부터 1929년까지 영국 내무장관을 지낸 윌리엄 조인슨-힉스 William Joynson-Hicks(1865-1932)를 가리킨다.

44. 조너선 스위프트Jonathan Swift(1667-1745)는 「걸리버 여행기」를 쓴 아일랜드 태생의 영국 풍자 작가이다.

45. 서기 205년경에 태어나 218년에 자칭 로마 황제가 된 헬리오가발루수He-

liogabalus는 222년에 시리아의 태양신 엘라가발루수Elagabalus를 로마의 주요한 신으로 격상시켜, 국교를 모욕했다는 이유로 살해되었다.

46. 이스트본과 브라이튼은 영국 남부 해안의 대표적인 휴양지이다.

47. 톨스토이의 소설로, 십구세기나 이십세기 초, 특히 빅토리아 시대 영국의 윤리관의 시각에서는 이 소설에 등장하는 유부녀와 젊은 청년의 관계가 큰 센세이션을 일으키는 주제였다.

48. 조지 버나드 쇼George Bernard Shaw(1856-1950)는 영국의 문인, 극작가로, 사회 개혁을 위한 창작활동을 했으며, 영국에서 1884년 창설된 부르주아 사회주의운동 단체인 페이비언 협회의 주요 회원이었다. 희곡「인간과 초인」(1903)에서 결혼 관습의 위선을 꼬집고 있다.

49. 『구약성서』의 「사무엘 2」를 보면, 이스라엘 왕 다윗이 자기 수하 병사의 아내 밧세바를 차지하기 위해 결국 그 남편을 죽게까지 한다. 그 후 결혼한 두 사람 사이에 태어난 아들이 솔로몬이다.

50. 영국국교회(성공회, the Anglican Church)는 십육세기 초 영국 왕 헨리 팔세가 아내와 이혼하는 과정에서 이를 반대한 로마 가톨릭의 교황권에 맞서 만든 것이다. 로렌스는 성공회의 이혼 허용과 그 몰락을 연관짓고 있다.

51. 고대 그리스의 다른 이름.

52. '비국교도'란 영국 국교인 성공회를 따르지 않는 사람들, 즉 개신교도들을 가리킨다.

53. 베네딕트Benedict(480-544)는 베네딕트 수도회의 창시자이다.

54. 수도사 성 프란체스코Francis of Assisi(1182-1226)는 교회 선교 활동을 다시 활성화하려 했는데, 전도 여행을 중지하고 자주 고독 속에 은둔하곤 했다.

55. 성 아우구스티누스Saint Augustine(354-430)는 초기 기독교회의 지도자이다.

56. 아담과 이브의 설화를 말한다.

57. 성찬식, 영성체의 뜻도 포함한 말.

58. 점성학에서 각 인간의 운명을 좌우한다는 별.

59. The tragic consciousness. 소위 고등종교와 문명인으로의 정신 각성의 시발점이라는 붓다, 자라투스트라, 소크라테스, 플라톤, 공자 등이 출현한 이후의 인간 의식의 상태를 지칭하는 말이다.

60. 아폴로Apollo는 고대 그리스 신화의 태양신이고, 아티스Attis는 로마제국 전역에 걸쳐 신들의 어머니로 숭배된 신이며, 데메테르Demeter는 그리스

농경의 여신이자 대지모신大地母神이고, 페르세포네Persephone는 데메테르와 제우스 신 사이에 태어난 딸이며, 디스Dis는 죽음과 지하세계의 신인 하데스Hades의 별칭으로, 꽃을 따고 있던 페르세포네를 납치해 그의 지하세계로 데려가, 만물이 깨어나는 봄철에만 지상으로 돌려보내 주었다. 이들 신격은 모두 고대 지중해와 메소포타미아, 북아프리카 세계에 자연의 주기적 순환의 리듬에 뿌리박은 전통에서 나온 것으로, 순환하는 생명계와 관련된 제의祭儀를 수반하고 있다.

61. 헤스페러스Hesperus와 베텔게우스Betelgeuse 둘 다 금성의 다른 이름이다.

62. 그리스 신화에서 아폴로의 사랑을 받다가 실수로 그에 의해 죽은 청년 히아킨토스가 죽은 자리에 돋아난 꽃이 히아신스이다. 플루토적Plutonic이라는 말은 심성암深成岩을 뜻하는 말로, 지표면 아래 굳어진 마그마에 의해 형성된 화성암을 지칭하는 동시에 지하세계의 왕인 플루토를 연상시키기도 한다. 논리적 과학적 객관적 세계 인식보다 신화적 상징적 상상력으로 세계를 대하고 체험해야 함을 말한다.

63. 스콰이어squire. 영국의 기사knight 아래, 신사gentleman 위의 계급이다.

64. 대니얼 디포Daniel Defoe(1660-1731)는 「로빈슨 크루소」를 쓴 영국 작가이다.

65. 제인 오스틴Jane Austen(1775-1817)은 「오만과 편견」을 쓴 영국 여류 소설가이다.

66. 클리퍼드의 사냥터지기인 올리버 멜러스Oliver Mellors.

67. 수백 년마다 스스로 몸을 불사르고 타 죽은 후 그 재에서 다시 부활한다는 전설상의 이 불사조를 로렌스는 일차세계대전의 암울한 시절부터 자신을 상징하는 새로 사용했다.

수록문 출처

나는 어느 계급에 속하는가 Which Class I Belong to

1927년 "Which Class I Belong To"라는 제목으로 쓰어졌고, 1959년 에드워드 넬스가 편집한 세 권짜리 전기물 선집 중 제3권인 *D. H. Lawrence: A Composite Biography*, Vol. III(Madison: University of Wisconsin Press, 1959)에 "Autobiography"라는 제목으로 처음 소개되었으며, 1968년 워렌 로버츠와 해리 무어가 편집하여 출판한 *Phoenix II: Uncollected, Unpublished, and Other Prose Works by D. H. Lawrence*(Eds. Warren Roberts and Harry T. Moore. New York: Viking Press, 1968; London: William Heinemann, 1968)에는 "Autobiographical Sketch"라는 제목으로 재수록되었다. 번역 대본은 *D. H. Lawrence: A Composite Biography*, Vol. III이다.

자전적 스케치 Autobiographical Sketch

1929년 2월 17일 영국 일간지 *Sunday Dispatch*에 "Myself Revealed"라는 제목으로 발표되었고, 1968년 출판된 *Phoenix II: Uncollected, Unpublished, and Other Prose Works by D. H. Lawrence*에 "Autobiographical Sketch"로 재수록되었다. 번역 대본은 *Phoenix II: Uncollected, Unpublished, and Other Prose Works by D. H. Lawrence*이다.

노팅엄과 탄광촌 Nottingham and the Mining Countryside

1929년에 쓰어졌고, 사후인 1930년 잡지 *Adelphi* 6-8월호에 처음 발표되었으며, 1936년 에드워드 맥도널드가 편집한 *Phoenix: The Posthumous Papers of D. H. Lawrence*(Ed. Edward D. McDonald, New York: Viking Press, 1936)에 재수록되었다. 번역 대본은 *Phoenix: The Posthumous Papers of D. H. Lawrence*이다.

귀향 Return to Bestwood

로렌스의 마지막 귀향 직후인 1926년에 씌어진 것으로 추정되는 글(미국 신시내티 대학교University of Cincinnati 소장)로, 1968년 출판된 *Phoenix II: Uncollected, Unpublished, and Other Prose Works by D. H. Lawrence*에 처음 소개되었다. 로렌스의 실제 고향 마을은 이스트우드Eastwood이나, 이 글에서는 이웃 마을 이름을 쓰고 있다. 번역 대본은 *Phoenix II: Uncollected, Unpublished, and Other Prose Works by D. H. Lawrence*이다.

여자들은 너무 자신만만하다 Women Are So Cocksure

1936년 출판된 *Phoenix: The Posthumous Papers of D. H. Lawrence*(Ed. Edward D. McDonald, New York: Viking Press, 1936)에 처음 소개되었다. 번역 대본은 *Phoenix: The Posthumous Papers of D. H. Lawrence*이다.

문명의 노예가 되어 Enslaved by Civilization

1929년 9월 미국의 잡지 *Vanity Fair*에 "The Manufacture of Good Little Boys" 라는 제목으로 처음 발표되었고, 1968년 출판된 *Phoenix II: Uncollected, Unpublished, and Other Prose Works by D. H. Lawrence*에 재수록되었다. 번역 대본 은 *Phoenix II: Uncollected, Unpublished, and Other Prose Works by D. H. Lawrence* 이다.

『채털리 부인의 연인』에 관하여 A Propos of *Lady Chatterley's Lover*

1929년 씌어졌고, 1930년 6월 맨드레이크 출판사Mandrake Press에서 단행본 으로 출판되었다. 번역 대본은 *Lady Chatterley's Lover*(Ed. Michael Squires, Harmondsworth: Penguin, 1994)이다.

에세이로 본 로렌스의 삶과 문학

여기 모아 놓은 D. H. 로렌스 만년의 자전적 수필이 쓰인 배경
은, 어느 정도의 문명文名을 얻은 그에게 삶을 회고해 달라는 이
런저런 잡지사 등의 청탁이었을 것으로 짐작된다. 아무도 명시
적으로 밝히지는 않았지만, 그 배후에는 오랫동안 생명을 위협
해 온 폐결핵으로 인해 여생이 얼마 남지 않았다는 로렌스의 직
감이 있었으리라 본다. 「『채털리 부인의 연인』에 관하여」는 생
전에 출간된 마지막 소설에 대한 로렌스의 변론이다. 그래서
이 수필들은 로렌스가 자기 삶과 문학 경력을 회고하고 정리한
다는 차원에서 나온 것으로 볼 수 있다.

로렌스의 성장 환경에서 교사였던 어머니의 프로테스탄트적
윤리와 광부인 아버지의 본능에 입각한 삶과의 갈등은 정신적
상처이자, 평생 무거운 짐이 된다. 고향 친구 상당수는 광부가
되었지만, 어머니의 교육열에 힘입어 일찍이 그는 교사의 길로
들어선다. 그녀의 계급 상승 욕구는 가난에서 벗어나려는 필사
적이고도 자연스러운 노력이었다 할 수 있겠지만, 남편의 '무
식하고 더러운' 노동세계를 도덕적으로 매도한 어머니에 대해

후년의 로렌스는 분개했다.

어머니 사후 방향을 잃고 헤매던 1912년에 만난 독일 여성 프리다의 영향력은 어머니의 경우에서처럼 압도적이었고, 그것은 자전 소설 『아들과 연인』에서 부모의 갈등과 지나치게 긴밀한 모자의 유대감, 이로 인한 아들의 여성 관계에 초래된 장해에 대한 묘사에 잘 드러나 있다. 로렌스를 만나기 전의 프리다는 독일어권에서 활동한 정신분석가 오토 그로스Otto Gross와 연인 관계였다. 한때 프로이트의 애제자였던 그로스는 혁명적 무정부주의자였으며 성 해방론자였다. 프리다를 통한 그로스의 영향이 뚜렷한 이 작품은 로렌스의 첫 주요 소설이었을 뿐 아니라, 영국에서 거의 최초라 할 만큼 이른 시기에 정신분석 이론을 담은 문학작품이다. 로렌스는 자신의 가정사를 프로이트의 이론과 계급사회의 관점에서 바라보게 되었는데, 정신분석학과 마르크시즘은 그로스의 좌파 아나키즘의 골자였다. 이는 곧 당시 독일의 아방가르드 반문화反文化, 특히 혁명 원리로서의 에로티시즘을 표방한 생철학Lebensphilosophie과의 결부를 뜻한다. 어머니와 억압적 문화로부터의 정신적 해방이 없었다면, 에로스와 원시적 본능을 그린 로렌스 작품의 방향은 많이 달라졌을 것이다.

일차세계대전 중 영국에 발이 묶인 로렌스는, 기독교의 사랑과 민주주의 수호라는 미명 아래 독가스와 폭격에 의한 대량 살육을 정당화하는 문명국가들의 선전술을 목도했고, 이를 용납할 수 없었다. 기만적 대의명분에 대한 그의 거침없는 비판에 정부 당국의 감시는 더욱 강화된다. 국가와의 불편한 관계에 더하여, 당시 영국 문화계의 큰손이었던 귀족 오토라인 모렐 부인과 버트런드 러셀을 통해 케임브리지 대학과 블룸즈버리 그룹 인사들과 대면한 로렌스는 곧 이들과 갈등 상황에 들어간다. 영국 부르주아 문화와의 알력은 예술적 후원자의 상실을 뜻했다. 실제로, 후세에 그의 대표작으로 일컬어지게 될 『무지개』는 처음 출판되자마자 발매 금지 처분을 받았고, 『사랑하는 여인들』은 1920년 미국에서 발간될 때까지 약 오 년 동안 출판사를 찾을 수 없었다. 문필로 생계를 유지할 수 없게 된 그는 곤궁에 빠진다. 그러나 이 필화筆禍는 로렌스가 자초한 측면도 있다. 당시 통념보다 훨씬 짙은 성적 묘사에다, 오토라인이나 러셀 등 주변 인사들을 소설 속에 부정적으로 그려 넣은 것은 로렌스로서도 부인하기 힘든 사실이다.

그가 케임브리지와 블룸즈버리 인사들처럼 소위 '양심적 병역기피자'를 자처했더라면 쉽사리 징집 면제를 받고 편안하고 안전한 전시 부역을 할 수 있었을 것이다. 당시 가까운 사이였던 평론가 존 미들턴 머리는 영국의 선전과 정보 계통에 종사하는 것을 계기로 돈과 명성을 쌓았다. 그러나 정부당국의 국수주의나 러셀의 반전운동 어느 쪽에도 가담하지 않고 외톨이가 된 로렌스는 형편없이 허약한 몸으로 징병을 위한 신체검사를 세 차례나 받아야 했다. 신검에서 당한 모욕과 스파이 스캔들은 그가 고국으로부터 등을 돌리는 계기가 된다. 스파이 혐의는, 배우자 프리다가 영국의 적국인 독일 출신인 데다, 수많은 영국 전투기를 격추한 독일의 유명한 파일럿 '붉은 남작the Red Baron'이 프리다의 일가친척이었다는 사실에 기인하는 바도 있

다. 로렌스 부부는 1917년 콘월에서 추방당하고 정보 당국의
감시를 받으며 이사할 때마다 경찰서에 출두하여 신고해야 했
다.

로렌스는 종전 후인 1919년 영국을 아주 떠나 1922년까지
이탈리아를 중심으로 유럽 대륙에 거주하게 되는데, 이후 세상
을 뜰 때까지 십여 년 동안 고국에 체류한 기간은 다 합쳐도 육
개월이 채 되지 않는다. 정신적으로나 물리적으로나 종전 후의
로렌스를 '영국 작가'라 칭하기는 곤란하다. 그는 미국 독자를
상당히 염두에 두고 글쓰기를 했으며, 고국의 현실로부터 멀어
져 있었다. 그의 문학에서 영국 사회와 문화는 거의 언제나 청
교도적 억압이나 계급적 편견에 찬 부르주아가 좌우하는 편협
한 사회, 즉 극복되어야 할 모델로 그려진다.

1922년 로렌스 부부는 유럽 문명을 뒤로 하고 아메리카로 건
너간다. 로키산맥 자락이나 멕시코에 거처를 정하고, 인디언 지
역과 고대 유적지를 답사하며 다닌 데서 알 수 있듯, 아메리카
는 로렌스에게 원시 자연과 원주민의 삶을 뜻했다. 거기서 그는
인류 정신의 태초로 거슬러 올라가는 종교성을 체험한다.

그러나 유럽을 떠나 아메리카로 건너가 생활한 이 시기
(1922-1925)를 전후하여 출간된 『캥거루』(1923), 『날개 돋친
뱀』(1926) 등의 소설과 『호저의 죽음에 관한 명상』(1925) 같
은 수필집에 잘 드러나 있듯이, 로렌스에게는 자신의 신념을
정치적으로 실현하고자 하는 강렬한 욕구가 있었다. 이런 작품
을 통해 그는 카리스마적 지도자가 영도하는 새로운 정치 및 종
교적 질서의 실현을 모색한다. 니체적 권력의지의 실험이라 할

수 있는 이 정치적 혁명은 필연적으로 폭력적 방법을 통한 기성 체제의 전복을 추구하고 있다. 로렌스의 개인적 삶에서도 이 '지도자 시기'는 위기와 갈등의 기간이었다. 프리다와의 관계에서도 그는 그녀의 지나친 영향력으로부터 벗어나 남성적 리더십을 주장함으로써 심한 갈등을 빚었다.

로렌스는 세상의 변혁을 위한 자신의 행동 철학에 프리다가 온전히 순종해 주기를 기대했는데, 이는 그녀와 같이 자유분방한 여성으로서는 받아들이기 힘든 일이었다. 이러한 갈등은 로렌스와의 관계에서 주도적 역할을 해 온 프리다의 크나큰 영향력에 대한 그의 반발의 결과라 할 수도 있다. 로렌스의 이와 같은 남성우월주의와 정치적 경향은 그의 사후 러셀로부터 파시스트적 발상이라는 비난을 받았으며, 1970년대 이후 여러 페미니스트 계열 평자들의 신랄한 공격을 받았다. 그러나 1980년대와 1990년대의 재평가를 거치면서, 이제는 로렌스 문학 전체를 독재적 정치관이나 남성권위주의의 표현이라는 시각으로 접근하는 것은 단견이라는 지적이 눈에 띈다.

실제로 1920년대 중반을 넘어서며 로렌스는 다시 여성적 부드러움의 세계로 돌아오게 되었다고 볼 수 있다. 로렌스 생의 마지막 몇 년 동안은 정치적 혁명을 위한 남성적 행동주의에서 한 발 물러나 삶에 있어 여성성의 중요성에 대한 재인식을 보여준다. 이러한 말년의 경향을 잘 보여 주는 대표작이 바로 『채털리 부인의 연인』(1928)이다.

이러한 사실 외에도 로렌스가 밝히길 꺼렸거나 세상에 잘 드러나지 않은 삶의 측면이 있는데, 그 중의 하나가 동성애 문제이다. 로렌스의 지인 중 일부가 그의 동성애 기질을 지적한 적이 있으며, 로렌스 사후 프리다도, 전쟁 중 외롭고 암담한 시기에 남편이 보였던 동성애적 성향을 언급한 바 있다. 이후 최근에 이르기까지 여러 전기傳記 연구에서도 이 문제가 지적되고 있다.

이에 관해서는 자료와 정황 증거를 해석하는 사람의 관점에 따라 의견이 갈린다. 그러나 로렌스를 억압된 동성애자라 단정지을 필요는 없다. 그는 동성애에 대해 거의 일관되게 비판했고, 남녀 관계보다 부차적이며 건강하지 못한 관계로 보았다. 로렌스의 성격에 비춰볼 때, 그가 동성애를 긍정적으로 보고 또 자신이 동성애자였다면, 그것을 솔직히 인정하고 그에 걸맞게 살았으리라 판단된다. 하지만 이 문제는, 이상적인 남녀 관계를 통한 창조적이고 만족스러운 인생의 구현이 로렌스 문학의 중요한 주제라고 본 F. R. 리비스 같은 주요 평자들의 견해와는 달리 생각해 볼 여지가 있다.

그는 사십대에 벌써 성 불능에 가까운 상태였다. 『채털리 부인의 연인』을 비롯해 건강한 성의 회복을 통한 개인과 사회의 갱생을 주창하던 그가 사실상 성 불능이었다는 것은 아이러니라 할 수 있다. 어떤 평자는 그의 성적 콤플렉스가 성 해방사상으로 표출되었다거나, 성 문제에 관해서는 그의 자가당착적 과장이 있다고 지적하곤 한다. 그러나 성 불능은 악화된 건강 때문이었고, 오히려 그럴수록 성에 대한 그의 신념에 귀 기울여 볼 필요가 있겠다. 로렌스에게 성性은 곧 생生의 다른 이름이었다. 에로스 혹은 '팰러스'는 인간의 육체와 영혼, 개인과 개인,

개인과 공동체, 그리고 인간과 자연을 아우르는 가장 직접적이고 핍진한 접촉이며, 생명의 원리에 다름 아니다.

종합해 볼 때 로렌스의 삶은 반항아의 그것이었다. 그는 무엇보다도 영국의 계급체제에 적응할 수 없었고, 그것을 인정할 수도 없었다. 「자전적 스케치」에 기술되어 있듯, 계급사회와 그 가치관은 인간의 보편적 공감과 교류를 가로막는다고 그는 보았다. 그런데 특기할 점은 로렌스의 정신적 귀족주의이다. 노동자 계급 출신으로서 민중에 대한 깊은 공감을 간직하고 있었지만, 그는 거의 일관되게 개인의 능력과 자질은 평등하지 않으며, 이유가 어찌됐든 사람의 영혼의 그릇은 다르다고 한다. 그는 기회의 평등을 주장하는 정치체제를 옹호하고 토지와 산업, 교통수단의 국유화를 주장하기도 하지만, 그것은 어디까지나 물질적 조건과 산물의 고른 분배와 충족에 국한된 것이다. 사회를 이끌어가는 것은 정신적으로 고귀하고 사심 없으며 공동체 구성원들로 하여금 물적 조건을 넘어선 영적 차원의 삶을 지향하게 해 줄 지도자라 보았다. 그의 이러한 지도자상에는 자신의 이미지가 상당히 투영되어 있다. 문제는 이러한 지도자를 어떻게 알아보고, 어떤 과정을 거쳐 지도자 자리에 앉히느냐, 또 어느 정도까지 권한을 맡기느냐 하는 것인데, 이 점에 대해서는 로렌스도 별 묘수를 제시하지 못했다.

또 한 가지 로렌스 생의 주제는 산업자본주의 체제에 대한 철저한 반감이다. 소유욕에 바탕을 둔 삶, 물신 숭배와 계산적 사고 위에 구축된 문명을 이끄는 세력과 정신에 대해 그는 비판으로 일관했다. 산업화의 동력인 석탄을 공급하는 노동자의 아들로서 탄광공동체에서 성장한 로렌스에게 산업자본주의의 노예노동과 문화에 대해 깊은 성찰이 있었던 것은 자연스러운 일이다. 과학과 이성의 독점자이자 대변자로서 산업문명의 지배자들은 번영을 약속하며 체제에 순응하는 인간형을 양산한다. 이책의 에세이들에 지적되어 있듯이, 당대의 교육과 문화는 대다수 사람이 이런 체제 아래서 임금노동의 노예로 길들여져 생산수단이자 그렇게 생산된 상품의 소비자가 되는 과정이다. 그는 이런 물신주의物神主義 문명이 정한 선악의 질서와 삶의 방식에 저항했다. 체제 부적응의 결과 지배계급과 노동자의 세계 모두에 소속감을 갖지 못한 그는 물질적 성공을 거두지 못했고, 본인도 그것을 절실히 느꼈다.

가부장적인 서양 문화에서는 전통적으로 남성/아버지가 정신/이성理性과 억압을, 어머니/여성이 육체자연적 본능을 대변하는 것으로 보아 왔다. 그런데 로렌스의 성장 환경에서 특기할 점은 이 관계가 거꾸로 되어 있다는 것이다. 로렌스는 자기 어머니에게서 문명세계의 대변자를 보았다. 어머니가 상징하는 억압적 기율과 부르주아 세계관으로부터 출발하여 교사가 되고 작가가 된 그였지만, 그러한 의식의 발전 과정에서 잃어버린 것들—아버지가 상징하는 자연과 건강한 본능의 세계—에 가까이 가고자 했다. 그의 삶의 여정은 억압적이고 지배적인 어머니라는 원형적 이미지로부터 벗어나서 아버지의 순진무구한 자연과 생명력으로 향하려는 노력이었다 할 수 있다. 반문명적 상상력을 통해 그가 꿈꾸고 긍정했던 세상은 결국 광부 아버지가 상징하는 세계였다.

그곳은 육체적 본능과 직관을 매개로 인간과 인간, 인간과 자연 사이의 직접적 접촉이 이루어지는 곳이다. 논리와 계산에 의해 지배되는 대낮의 세계는 물질적 필요를 충족하기 위한 것일 뿐, 삶의 지배원리가 되어서는 안 된다. 사람은 자본 획득 이상의 것을 추구할 책임과 권리가 있다는 것이 로렌스의 지론이었다. '자연 그대로의 야성'과 활력이 살아 있는 아버지의 세계야말로 삶을 삶답게 하는 것이다. 깊은 본능과 영성에 뿌리를 둔 삶이야말로 지향해야 할 것이다.

그가 지향한 삶은 공동체의 틀을 떠나서 생각할 수는 없다. 「노팅엄과 탄광촌」에 나오듯, 그는 산업자본주의의 고립과 소외, 추한 환경과 물질주의에서 벌어지는 재산 소유권을 둘러싼 경쟁과 투쟁의 삶을 지양하고, 공동체적 본능과 생활방식, 환경을 회복하기를 염원했다. 그것은 공동체 정신과 미적 감수성에 바탕을 둔 집과 마을의 건축, 공동체 의식儀式으로서의 춤과 노래, 필수 물자의 자급자족을 가능하게 해 주는 수공예가 살아 있는 생활을 의미한다. 그가 그린 공동체는 더 많은 생의 활기와 미, 개방성과 접촉으로 깨어 있는 개인들이 이룬 공간이다.

신경증적이며 피해망상에 시달리는 인물, 자기 억압적 동성애자 또는 여성적 남성, 배우자를 구타하고 권위주의적 지도자에 의한 귀족적 신권정치를 꿈꾸었던 광부의 아들이자 예언자, 성 불능에 시달리면서도 성의 해방을 통한 새로운 세상을 염원했던 사내. 로렌스에 대한 세상의 평가는 이토록 대조적이고, 그의 실제 삶의 모습도 모순에 찬 것이었다. 그에게 유일한 신

조가 있었다면, 그것은 아마 '생生' 하나라 할 수 있다. 생이야 말로 그로 하여금 에로스의 투사가 되게 하고, 원시적 세계를 찾아 떠돌게 했으며, 성性과 성聖을 함께 고민하게 한 추진력이 었다.

오늘날 영어권에서 로렌스를 읽는 독자는 많이 줄었다. 특히 이십일세기 들어 영문학 교과과정에서 그의 작품은 외면을 받는 한편, 제임스 조이스, 버지니아 울프를 필두로 하는 문학이 대세를 이루고 있다. 그러나 로렌스가 간 지 팔십여 년이 지난 지금, 그가 싸워 온 '대낮의 힘들'이 지배하는 이십일세기의 풍경은 살벌하고 암울하다. 약 한 세기에 걸친 사회주의의 실험이 좌초하고, 1990년대 이후 전 세계를 지배해 온 미국식 자본주의는 무한경쟁과 약육강식의 논리를 앞세워 극심한 빈부 격차를 낳고 있다. 지배자들은 로렌스 시대처럼 교육과 문화 산업을 통해 이러한 세상의 시스템에 순응하는 노예들을 양산해 그들의 고혈을 빨아먹으며 인류의 삶을 벼랑으로 몰아가고 있다. 2011년 후쿠시마 원전 사고에서 보았듯, 자연의 순리를 범한 인간은 통제 불능의 힘을 풀어 놓았다. 인간은 자연에 순응하고 자연 속에 살아야 한다는 로렌스의 생각이 다시 한번 주목받을 때가 아닐까 한다.

인류의 운명을 역전시킬 마지막 기회였을지도 모를 시점에서 로렌스가 감행한 역사적 반항은 실로 이유있는 것이었다. 비록 그가 실용성있는 정치경제적 프로그램이나 원칙을 내놓지는 못했다 하더라도, 질적으로 나은 삶을 지향한 그의 '생의 철학'은 아직도 유효하다. 개체 생명이 생명력 충만한 삶을 누리고, 생명의 공동체가 서로의 생명을 북돋워 주며 사는 세상을 꿈꾼 그는, 민중과 대지와 우주 자연의 목소리를 전하는 매개자였다.

데이비드 허버트 로렌스David Herbert Lawrence(1885-1930)는 영국 노팅엄에서
탄광부의 아들로 태어나 이십세기 영국문학의 대표적 작가의 한 사람이 되었다.
작품이 외설하다는 이유로 발매 금지 논란에 휘말리기도 했는데, 거기에는
억압적 모럴과 계급적 사회구조, 산업화와 자연 훼손, 전쟁과 제국주의 등
당대의 현실에 대한 그의 신랄한 비판도 한몫을 했다. 일차세계대전 후 유럽과
아메리카 등지를 전전하며 작품 활동을 한 그는, 발전과 진보라는 이름으로
자연이 파괴되고 삶의 과정이 기계로 대체되며, 인간이 자본의 노예로 전락해
가는 것이 서구에서 시작되어 전 세계로 확산되어 가는 문명의 문제라고
보았으며, 그 속에서 현대인은 동료 인간과 공동체, 자연과의 유대감을 잃고
소외된 삶을 살아간다는 생각을 작품을 통해 표현했다. 주요 소설로『아들과
연인』『무지개』『사랑하는 여인들』『채털리 부인의 연인』등이 있다.

오영진吳榮鎭은 1965년생으로, 한국과 영국에서 영문학, 미술사 및 사상사를
공부했다. 2004년 런던대학교 킹스 칼리지에서 영문학 박사학위를 받았고,
지금은 대학에서 강의를 하며 저술과 번역 활동을 하고 있다.
역서로『채털리 부인의 사랑』『노인과 바다 외』가 있고, 로렌스를 비롯해
사상사에 관한 여러 논문을 발표했다.

귀향
D. H. 로렌스의 자전적 에세이
오영진 옮겨엮음

초판1쇄 발행 2014년 6월 1일 **발행인** 李起雄 **발행처** 悅話堂
경기도 파주시 광인사길 25(문발동 520-10) 파주출판도시
전화 031-955-7000, 팩스 031-955-7010
www.youlhwadang.co.kr yhdp@youlhwadang.co.kr

등록번호 제10-74호 **등록일자** 1971년 7월 2일
편집 조윤형 박미 **북디자인** 공미경 **인쇄 제책** (주)상지사피앤비

* 값은 뒤표지에 있습니다. ISBN 978-89-301-0463-0

Return to Bestwood: Autobiographical Essays of D. H. Lawrence
© 2014 by Oh Yeung-Jin. Published by Youlhwadang Publishers. Printed in Korea.

이 도서의 국립중앙도서관 출판시도서목록(CIP)은
e-CIP 홈페이지(http://www.nl.go.kr/ecip)에서
이용하실 수 있습니다.(CIP제어번호: CIP2014015059)